O menino que pedalava

CASSIA CASSITAS

O menino que pedalava

Direção Editorial
Silvia Vasconcelos
Assistente editorial
Thaluana Meira
Capa e editoração
Alla Criativa
Revisão
Alla Criativa
Sandra Schamas

Texto de acordo com as normas do Novo Acordo Ortográfico da Língua Portuguesa
(Decreto Legislativo nº 54, de 1995)

Dados Internacionais de Catalogação na Publicação (CIP)
(Câmara Brasileira do Livro, SP, Brasil)

Cassitas, Cassia.
O menino que pedalava / Cassia Cassitas. – 1. ed. – São Paulo : PandorgA, 2015.
248 p. ; 16 x 23 cm.

ISBN 978-85-8442- 097-1

1. Autoajuda 2. Autorrealização (Psicologia) 3. Ciclistas (Esporte) 4. Motivação (Psicologia). I. Título.

18.09/030-2015 CDD- 158.1

Índices para catálogo sistemático:
1. Ficção: Literatura brasileira 869.93

2015
IMPRESSO NO BRASIL
PRINTED IN BRAZIL
DIREITOS CEDIDOS PARA ESTA EDIÇÃO À
EDITORA PANDORGA
AVENIDA SÃO CAMILO, 899
CEP 06709-150 - GRANJA VIANA - COTIA - SP
TEL. (11) 4612-6404

WWW.EDITORAPANDORGA.COM.BR

Para meus filhos
Gabriel e Eduardo

Prólogo

— Mãe, o que é um androide?

"É um robô."

— Todo robô é um androide?

"Só os que se parecem com pessoas."

— Eles são como as pessoas?

"Não, apenas na aparência."

— Mas os robôs não são inteligentes?

"Alguns são muito inteligentes. Mesmo assim, não são pessoas."

— Por quê?

"Por não terem emoções. Eles não sentem nada."

— Ah, entendi. São quase pessoas. Pessoas sem coração.

"Pessoas sem emoção, filho. Há corações mecânicos usados em pessoas."

— Uma parte é humana e a outra é máquina?

"Isso."

— Então eles são semi-humanos.

"Acho que você pode dizer isso."

— Então eu sou super-humano porque sou inteligente e tenho coração, não é, mãe?

Estilhaços

De onde surgiu a ideia de que se algo não está bom, se a vida não satisfaz, é preciso correr, movimentar-se muito e rapidamente a fim de ultrapassar a velocidade dos acontecimentos e chegar ao futuro antes que os fatos se consumam? Eu não sei. Talvez da Grécia, há três milhões de anos. Não foram eles que inventaram essa brincadeira de ultrapassar limites e a chamaram de olimpíada?

Afinal, há uma certa grandeza embutida na capacidade de correr, fazer e determinar o que vai ser.

Confesso que às vezes, de tanto correr, eu tropecei e caí feio. Me senti em frangalhos, carregando em meu corpo dores físicas e emocionais difíceis de lidar. Como se o espelho da realidade se quebrasse em inúmeros pedaços, levando embora a esperança e a alegria, deixando em seu lugar uma paisagem cinzenta, mecânica, sem acordes, sem aroma. O que fazer?

Olhei os estilhaços, perdida. Como um atleta que de tanto correr perdeu o rumo, agachei-me e comecei a tocá-los com cuidado, buscando detectar sinais para me orientar. Entre as peças miúdas eu procurava por partes que me pertencessem, roubadas por doenças e abusos sociais, saqueadas por escolhas frustradas. Como uma massa se esvaindo em brechas dia após dia, sem sustentação, eu não encontrava forças para me levantar. Para onde fora a integridade de ser humano?

Diante dos meus olhos paralisados num ponto qualquer entre os cacos do espelho, vislumbrei traços rosados. Talvez insinuando lábios, quem sabe o vestígio de um sorriso? O surgimento dessa hipótese me encorajou a continuar minha busca e então me deparei com fragmentos de olhos. Ao fundo, uma certa nuance brilhante. Que maravilha! Nem tudo estava perdido. Se os fragmentos conservavam a essência, ela poderia ser resgatada, aquela realidade cinza poderia voltar a ser colorida e a alegria poderia voltar à cena!

Em minha mente as palavras se empertigaram. Alinharam-se em argumentos prontos para o combate e se rebelaram: aquilo era só um indício. Onde estavam as certezas para apoiar a nova imagem? E as emoções com seus pincéis para dar cor à vida? Eram tantos farelos e eu confusa, nem sabia se ainda havia um coração a ser recuperado sob os escombros. Como juntar os pedaços? E se eu não encontrasse todas as partes, como seguir em frente sem uma perna, a confiança ou uma razão para viver a minha vida?

Mas meu desejo de sair dali ardia como uma tocha. Eu precisava encontrar um meio de me defender do bombardeio de lembranças que se aglutinavam e já instigavam uma ruptura. Por instinto, eu sabia que as insinuações rígidas da experiência eram ditadas pelo raciocínio seco, sem viço, ao qual eu não pretendia me submeter. Sacudi a cabeça, e continuei a buscar nos fragmentos uma porta: a saída.

Apoiei-me em meus braços fazendo de minha cabeça uma pira, altiva, para enxergar um pouco mais adiante, mãos espalmadas no chão. Alcancei brados, roupas e cabelos abandonados no horizonte. Desconexos, como a dor insana que tinha me levado ao solo da minha existência. Os lábios que vislumbrei não se abriram num sorriso, nem os olhos faiscaram uma luz certeira para se oporem à resistência de meu desencanto. Em pedaços mais adiante encontrei colunas tortas, sapatos sujos e resquícios de lágrimas.

Subitamente, uma dor lancinante capturou minha atenção fazendo com que eu me voltasse para o chão:

minha mão estava sangrando. Arrastada pelo burburinho de meus pensamentos, não percebi que avançava sobre o espelho estraçalhado e uma ponta astuta enfiou-se na palma de minha mão. "O que é isso?" me revoltei. "Já não basta levar embora o aroma dos meus dias, agora quer sequestrar o vermelho do meu espírito, ampliar os espaços vazios da minha alma?" A vida deu de ombros. Minha mão continuou ardendo.

Apertei o ferimento na tentativa de estancar o sangue que gotejava entre meus dedos. O vermelho escorria pelo espelho e coloria, que ironia, a paisagem desolada. Pingando e escorrendo, sugeria imagens, modalidades diversas das guardadas na memória, nos estilhaços que pediam outra forma.

Apesar do meu sofrimento, os desenhos não eram medonhos. Eu via batalhas em que pessoas repetiam, num esforço contínuo, os movimentos com que eu consumira meus dias. Elas encaravam dificuldades deixando para trás sua integridade física, seu equilíbrio emocional, sua paz e persistiam. Eu podia sentir sua dor latejando na minha mão.

Naquele instante, eu mirei o céu. Não havia nuvens, um azul sem paz, sem respostas, sem distrações... Eu não aguentava mais, minha mão, precisava me levantar e fazer alguma coisa. Eu queria estender os braços como uma criança e perguntar ao infinito de onde vem o brilho do olhar. Como brotam os sorrisos que iluminam o rosto? Como se coloca esperança em um coração? O que faz alguém acordar e sentir alegria por se colocar em movimento? Queria deixar a vida me agarrar, abrir meus olhos, mas aquele acidente bizarro me tirava a paz.

De onde veio a força das minhas pernas para me pôr em pé? Eu não sei. Eu me esqueci do espelho e me pus a andar: precisava de um curativo.

Assim que a analgesia fez efeito, eu percebi algo que me marcou profundamente. A vida! Aos pedaços, sem pedaços, era isso. Após o nocaute, os sobreviventes se agarram a ela, descobrem o segredo da superação e como por mágica conseguem seguir em frente.

Albert Einstein, o famoso físico que sempre me impressionou por captar o poder escondido nas coisas simples, disse que viver é como andar de bicicleta: para se ter equilíbrio é preciso se manter em movimento.

Exatamente como a vida fizera comigo, lançando mão de um estilhaço pontiagudo para me lembrar que em cada ser humano corre a seiva da criação. Não nos é permitido estagnar, é preciso pedalar para que o sangue circule e desenhe o futuro. Por tentar descer da bicicleta, ignorar a vida, a seiva se rebelou e gotejou vermelha libertando a si própria numa retomada do movimento.

A vida, a mesma vida que tinha estraçalhado minhas verdades, misturou os fragmentos e os colocou em ação. Homens e mulheres, crianças e cidades desfilavam em minha mente contando episódios que eu não conhecia, mostrando-me paisagens que eu não tinha enxergado quando estive lá. Revelavam partes escondidas que eu não tinha percebido e cuja falta me fizeram, tantas vezes, tropeçar.

Meu sorriso se abriu e eu posso apostar que meus olhos voltaram a brilhar quando a paz do entendimento expandiu-se por tudo que sou. As personagens derramadas no espelho quebrado me contavam suas aventuras, desenhadas entre obstáculos e vitórias, cingidas pelo plasma que fugia do meu corpo para acontecer. Meu coração se encantou. Era tudo verdade! Eu voltei a pulsar. Suas trajetórias me devolveram a esperança em histórias simples e poderosas, como poderoso é o destino de quem decide viver.

A essência dessas conversas está aqui. Entre fatos verídicos e paisagens reais, esparramei personagens comuns, homens e mulheres como nós, passeando pelas cidades que habitamos, ensaiando existências mais felizes. De cada um, eu tirei uma parte para que fossem perfeitos. Por todo lado, distribui inquietações, descrevendo uma carência coletiva, cada qual numa ausência única, num jogo de transformação que conheci no berço. Lá, eu fui buscar o elemento para alinhavar as palavras. Escolhi a coragem que brotou em mim e quero compartilhar com você. Em grego ela tem nome: André.

De passagem pela antiguidade, eu trouxe uns adornos para utilizar na paisagem. Festas, heroísmo, bastidores. Pairei na superfície para que você pudesse mergulhar na narrativa e fazê-la sua.

Não se impressione com a exuberância dos acontecimentos, medalhas, tragédias e outros componentes. Eles são apenas coadjuvantes numa história em que cada personagem é um tributo a todos aqueles que escolhem olhar de perto, escrever os episódios e desvendar as paisagens.

Porque o amor precisa de nós dois

[...] Dizia a música furtiva de um fone de ouvido. Mário estava sentado no saguão do aeroporto em frente ao portão indicado pelo painel eletrônico, pronto para embarcar em mais um voo. Era o ano de 1991. As pessoas começavam a formar uma fila. Ele continuou ali, sob o efeito da agitação dos últimos dias passados em Curitiba.

Um rapaz de uns vinte e cinco anos chegou apressado, dirigiu-se à fila, tirou a mochila das costas e pegou seu bilhete de embarque. Conferiu o número do portão e suspirou. Após alguns instantes, olhou novamente o bilhete em suas mãos e o mostrou a uma senhora à sua frente. Ela fez um gesto afirmativo com a cabeça dizendo algumas poucas palavras que Mário não entendeu daquela distância. O rapaz sorriu, soltou os ombros e guardou o bilhete no bolso. Parecendo relaxar, acomodou a mochila entre os pés, colocou as mãos nos bolsos da calça jeans e olhou ao redor.

Um dia, o homem que observava tivera a mesma idade do rapaz que agia. A cena o fez recordar de suas primeiras viagens, quando vestia uma das suas duas calças jeans e carregava a vida numa mochila acomodada a seus pés. Cabeludo e impaciente, ajeitava a toda hora o que lhe ia à cabeça.

Mário olhou novamente para o rapaz que tinha acabado de derrubar seu bilhete após conferi-lo mais uma vez. Abaixou-se rapidamente para apanhá-lo, quase tropeçando na própria bagagem. Não pôde deixar de rir. Ele conhecia aquela agitação, é verdade, embora a ansiedade da juventude não fosse nada comparada ao que ele enfrentava em suas viagens como funcionário da Companhia. As lembranças aqueceram seu peito e preencheram sua mente com imagens de sua chegada à empresa havia alguns anos.

Era o ano de 1982. Os preparativos movimentavam uma equipe numerosa de colaboradores que não parava de crescer. Afinal, estavam há menos de dois anos das Olimpíadas de Verão de Los Angeles. Recrutado numa prestigiosa universidade americana, fez de tudo. Durante vinte e quatro horas planejava, trabalhava, respirava a organização do maior acontecimento esportivo do planeta.

Mário nunca vira tantas pessoas, de culturas tão diferentes, discutindo sobre coisas tão distintas. Ele jamais poderia imaginar a quantidade de obras e requisitos envolvidos na elaboração de um evento esportivo internacional. Por trás dos óculos que já o acompanhavam àquela época, foi-se deixando encantar pela grandiosidade dos projetos, pelo número de participantes e pelas urgências da Companhia.

Ele não teve dificuldades em se adaptar à rotina de muito trabalho, viagens e reuniões em vários idiomas. Todos, governo, patrocinadores globais, parceiros locais e voluntários, trabalhavam num ritmo orquestrado, mantendo nos bastidores os mesmos princípios de superação e esforço que impera nos estádios.

Sem perceber, Mário foi eliminando de sua mochila fotos e outros apetrechos que julgou desnecessários ao seu sucesso. Descartou hábitos e lembranças até eliminar a própria volta a uma casa de que não sentia falta. Ele inspirava a pressa dos eventos, precisava ganhar agilidade. Provavelmente foi nessa época que raspou os cabelos e adotou sapatos sem cadarços. Tornava-se parte da engrenagem ao mesmo tempo em que uma discreta barriga alojava-se em seu corpo. Seu tempo era do mundo e os acontecimentos do mundo tornavam-se sua vida.

Acostumado a praticar esportes, surpreendeu-se por nunca ter notado o que ocorria alguns dias após as olimpíadas. As cidades-sede recebem paratletas de todo o mundo para disputarem os Jogos Paralímpicos. É a vez dos desportistas com algum tipo de deficiência tomarem seus lugares nas quadras e piscinas e se consagrarem nos pódios. Sem sequer imaginar o que a vida lhe reservava, ele não deu muita atenção.

Mário vibrava naquele ambiente movimentado. O cheiro das obras se tornou agradável, quase familiar. Das pilhas de documentos a preencher aos materiais de construção acumulados por toda parte, ele só não gostava de visitar áreas de demolição. Era como se captasse a energia do abandono das casas, pressentisse a tristeza na retirada das famílias. Infelizmente, ele percebeu que, em maior ou menor escala, por toda parte ocorrem desapropriações para viabilizar novos trajetos e pódios.

Por outro lado, adorava as áreas de preservação ambiental perto das quais as obras sempre acabavam passando. Por mais estranho que pareça, ver novas vias de acesso tomando forma despertava nele uma sensação de dever cumprido. Era como se ele estivesse contribuindo para a abertura de novos caminhos, novas alternativas para a humanidade.

Antes mesmo das festividades de Los Angeles começarem, sua equipe foi dividida e parte foi transferida para Seul onde aconteceria, em exatos cinco anos, a próxima edição dos Jogos Olímpicos de Verão.

Entre as competições de Los Angeles e Seul, seria a vez dos Jogos Olímpicos de Inverno em Lillehammer, na Noruega. Lá estava outra equipe, tão numerosa e dedicada quanto a equipe a que Mário pertencia, trabalhando para que tudo saísse conforme o planejado em 1986. Na divisão de atribuições, ele foi escalado para Seul.

"Atenção senhores passageiros do voo com destino à Atlanta: última chamada para embarque pelo portão de número 23", avisou a voz nos autofalantes.

O anúncio resgatou Mário das recordações de 1983. Levantando-se, pegou sua maleta de mão verde escura e embarcou no voo que 1991 lhe apresentava rumo ao futuro que o aguardava na próxima parada.

Rio de Janeiro 1983

Elizabeth espreguiçou-se demoradamente naquela manhã de 1983. Uma brisa suave balançava a cortina de *voil* verde clara da janela entreaberta de seu quarto. O cheiro da Baía de Guanabara a fez sorrir enquanto esfregava os olhos com as mãos fechadas. Ela levantou-se, calçou seus chinelos e caminhou até a sala de jantar do sobrado em que morava com os pais.

Aproveitando o sossego da hora, sentou-se à mesa. Serviu-se de uma xícara de café puro e pegou os jornais remexidos pelo pai. Folheou as primeiras páginas até uma matéria sobre o Comitê Olímpico Internacional (COI) chamar sua atenção.

Na introdução da entrevista, o repórter explicava como o COI é rigoroso e restritivo quanto às parcerias que estabelece com patrocinadores globais dos jogos. Segundo levantamentos, a cerimônia de abertura é vista por uma plateia imensa espalhada pelo mundo. Um público atento, prestes a preencher suas mentes com valores altamente positivos, como a determinação e a excelência.

Durante os dias das competições, cidadãos de mais de cento e quarenta países vão comemorar conquistas e chorar derrotas. Erros de arbitragem e casos de *dopping* se tornam assuntos corriqueiros nas conversas entre amigos. Literalmente, as olimpíadas ultrapassam os estádios, entram nas casas, influenciam comportamentos e atiçam emoções. Para qualquer patrocinador, trata-se de uma oportunidade preciosa de atingir corações ao vincular seus produtos às façanhas exibidas.

Amante dos esportes, ela sabia do que ele estava falando. Durante um evento como aquele, os competidores se esforçam e comovem os espectadores. Esses, por sua vez, motivam-se a experimentar a superação de suas rotinas ao assistirem aos jogos. Atletas e plateia vibram juntos em torno da realização do sonho de vencer.

As palavras pulsavam em seus músculos, em seu coração, na sensação morna que se desencadeava por todo seu corpo ao voltar ao tema. O impacto sociocultural das olimpíadas, outrora, foi assunto de seu trabalho de conclusão de curso de administração com ênfase em marketing. Elizabeth compreendia, com argumentos estatísticos e comprovações médicas, o que o esporte pode proporcionar ao ser humano.

"Ser um patrocinador global significa a oportunidade de enviar sua mensagem a cerca de um bilhão de pessoas predispostas a acolhê-la", explicava o repórter, "por estarem ali atentas e presentes para assistir aos jogos." Em seguida, reproduzia as palavras do presidente da Companhia:

— Nossos projetos vão desde as melhorias urbanísticas para receber os visitantes, até a capacitação médico-hospitalar nos complexos esportivos.

"O senhor pode nos dar alguns exemplos?"

— O reaproveitamento de água da chuva e a construção de fazendas eólicas para gerar a energia consumida nas arenas, pois engana-se quem pensa que preparar uma olimpíada se resume a obras de transporte e acomodação dos visitantes. Do mesmo modo, saneamento e despoluição de áreas de grande acesso são fundamentais. Por isso disponibilizamos equipamentos de última geração que, após os eventos, podem permanecer funcionando. Assim, a combinação de investimento público e aportes de empresas patrocinadoras gera melhorias duradouras para as cidades anfitriãs.

Ao final, o repórter destacava como a condução do processo era positiva para todos os envolvidos:

"Além de serem benfeitorias que permanecerão em uso, as inovações são uma grande vitrine para as empresas que dispõem ali, num único local, a possibilidade de apresentá-los a possíveis clientes de muitos países. São centenas de melhorias exibidas aos visitantes e aos convidados. Sistematicamente," concluía o repórter, "a

Companhia convida clientes para assistir às mais variadas soluções em funcionamento."

Quando terminava de ler a matéria, uma rajada de vento forçou-a a fechar o jornal. Ela sentiu uma súbita excitação como se algo estivesse por acontecer. Como a brisa do mar tocava a música da vida para despertá-la de manhã, ela podia ouvir o mundo a chamando para voar. Entusiasmada, pensou:

"No mês que vem, vou ver tudo isso de perto."

Havia uma semana, a Companhia tinha convidado a Empresa em que Elizabeth trabalhava para visitar as instalações construídas em Los Angeles. Como responsável pela área de comunicação da Empresa, coube a ela organizar a viagem da comitiva.

"Quem sabe essa seja a primeira de muitas viagens?"

***

Em meio a projetos e ideias, a viagem a Los Angeles foi definitiva. Mário recepcionou a comitiva e lhes mostrou um mundo maravilhoso, onde tecnologia e diversidade imperavam por toda parte. A reportagem do jornal ganhava contornos reais nos centros esportivos. Era como se Elizabeth estivesse percorrendo suas entranhas, sentindo a energia, contagiada pelos efeitos transformadores que estavam em operação nos bastidores.

Ela vazava em sorrisos, gestos e palavras. "Sim, sim, sim!" Ela respondeu ao próprio instinto, descobrindo suas asas. Em poucos meses, Elizabeth cedia à sensação de liberdade de que era feita e voltava a Los Angeles para trabalhar como voluntária em sua primeira olimpíada.

***

Naquele ano, a Companhia fechou o montante de algumas centenas de milhões de dólares em negócios relacionados ao movimento olímpico. E Elizabeth passou a dividir o apartamento, as despesas e sua vida com o jovem Mário. Quando ele foi enviado a Seul, o casamento foi uma decisão natural. Juntos, embarcaram para a Coreia do Sul.

Seul 1984

Seul era um desafio maravilhoso. Elizabeth andava pelas ruas, sentava nos locais públicos, observando e anotando peculiaridades. Alguns comportamentos considerados naturais a um povo podem causar mal estar e constrangimento a outros. Contratada pelo COI para detectar hábitos que pudessem dificultar a estadia de estrangeiros durante os eventos, em 1984 cabia a ela desvendar as sutilezas da capital da Coreia do Sul com perspicácia e delicadeza.

Comer sem talheres, por exemplo, é uma prática corriqueira em muitas populações. Dispensar o banheiro e fazer suas necessidades na rua é considerado normal em algumas culturas. Em Seul, cuspir na rua era algo que ocorria a todo o momento. Levantada a questão, cabia à equipe de marketing criar uma campanha incentivando a população local a evitar tal atitude.

Ela prestava atenção a tudo. Homens e mulheres se portavam da mesma maneira? E as crianças? Anotava os horários de maior fluxo, tempo de percurso, não havia detalhe que fugisse aos seus olhos. Afinal, precisava aprender quem eram aqueles cidadãos para influenciá-los. Só assim seria possível motivá-los a mudar sua forma de agir. Era preciso muito cuidado para evitar que uma campanha desastrada fosse rejeitada pela população, agravando a situação.

Persuasão era a palavra. E a jovem Elizabeth estava se tornando cada vez mais habilidosa na arte de convencer os outros. Em algumas civilizações mais que em outras, a palavra é uma prerrogativa masculina. Se pensarmos nos países ocidentais, é difícil imaginar uma sociedade em que as mulheres não possam falar em público, ou emitir opiniões na presença de um homem. Porém, essa é uma realidade com a qual milhares de pessoas convivem todos os dias.

Ironicamente, o mundo se abria para aquela mulher ao mesmo tempo em que exigia que ela se calasse para conquistá-lo. Saber como atingir seus objetivos em silêncio, sem confrontações, era um grande desafio para alguém habituada a falar com o vento e seguir o ritmo das oportunidades. Mas Elizabeth estava aprendendo a lição da Coreia do Sul.

Silenciosamente, Seul dava início a uma saga que transformaria a maneira do mundo se relacionar com o esporte: surgiam os Jogos Paralímpicos tal como existem hoje. As competições, criadas pelo médico Ludwig Guttmann na clínica que abrigava soldados ingleses mutilados pela segunda guerra mundial, recebiam um novo nome e um lugar no calendário das olimpíadas. Após trinta anos de muito esforço, em 1988, a ideia de levar as benesses do esporte a cidadãos combalidos por tragédias ganhava notoriedade mundial.

Barcelona 1988

Como aconteceu durante as preparações para os jogos de Los Angeles, naquele ano de 1988 a equipe dividiu-se entre os preparativos de Seul e do ainda distante evento de 1992 em Barcelona. Dessa vez, coube a Mário uma atuação mais expressiva na nova cidade-sede. Em poucos meses, sua mulher foi transferida para a Espanha, deixando para trás suas atividades em Seul. Elizabeth não se importou, pois mirava o que estava por vir. Porém, não pôde deixar de perceber como os fatos tendiam a posicioná-la como coadjuvante.

A paixão pela cidade catalã foi imediata. Com mais de cento e cinquenta pequenas praças recém-distribuídas, por toda parte era possível respirar as transformações em curso na última década. Barcelona era uma cidade em obras.

Mudança era a palavra de ordem por todos os lados. Seria injusto dizer que a ‘magia’ do evento olímpico era responsável por tudo que estava acontecendo. O que se via era mais uma etapa de um amplo projeto urbanístico iniciado havia alguns anos. Por outro lado, era difícil determinar até onde aquela atmosfera de modernidade estava afetando as pessoas.

Sempre que as atividades lhes permitiam, o casal transitava por ruas desconhecidas. De mãos dadas, caminhavam sem pressa, com a câmera fotográfica à mão para não deixar a mente esquecer o que o coração registrou.

Eles gostavam de visitar bairros comerciais onde a história da população prosseguia numa linha paralela ao evento que estava por acontecer. Mas, em Barcelona, essa era uma tarefa difícil. Em todos os cantos havia reformas. Era como se a cidade estivesse sendo reinventada, fazendo com que todos tivessem a sensação de que algo muito profundo emergia, envolvendo a todos.

Juntos, misturavam-se ao fluxo e se deixavam levar pelo ritmo da cidade. Descobriam cantinas discretas e deliciosas, ruas animadas em bairros afastados. Viviam num estado de encantamento repleto de risos e palavras. Era como se a cada final de semana suas andanças lhes mostrassem uma nova forma de viver e se relacionar com o mundo. E Barcelona era o palco, o enredo e a plateia, era a própria existência pulsando nas ruas e nos rostos. “Uma cidade cinzenta, é verdade, mas diferente da rotina americana com suas grandes redes por todo lado”, ela dizia.

Definitivamente, Elizabeth preferia os estabelecimentos locais.

***

Com a proximidade da abertura dos jogos, organizações com os mais variados interesses entravam em contato com o COI e seus parceiros oferecendo contribuições e participações voluntárias. De todas as iniciativas uma em especial cativou Elizabeth: o movimento 'Cidades Educadoras'.

Basicamente, a proposta desse movimento era transformar os cidadãos em alunos e educadores, utilizando os espaços públicos para educar para a vida. Talvez pelo entusiasmo que contagiava a todos, talvez por sua natureza otimista quando o assunto era a educação, ela sentiu que as propostas de 'intercâmbio de experiências positivas' e 'ações concretas' fazia todo sentido. Se levadas à frente, completaria as intervenções em andamento na cidade com a reforma da sociedade.

Contrariando seus hábitos, montou uma pasta em que guardou uma cópia dos documentos, os telefones e e-mails dos envolvidos, bem como recortes de publicações a respeito do assunto. Seu trabalho em Barcelona terminaria em poucos anos, mas aquele embrião iria com ela para onde quer que ela fosse.

África do Sul 1991

Em meados de 1991, Elizabeth recebeu a tarefa de organizar uma viagem para a África do Sul. A delegação partiria no mês de julho. Naquele momento, ela não poderia imaginar como aquela viagem marcaria para sempre o destino de tantas pessoas. Afinal, aquela não era uma missão de rotina.

Há vinte e um anos, a África do Sul tinha sido expulsa das olimpíadas devido à sua política de segregação racial. Agora, num reconhecimento à revogação de leis do Apartheid, o país voltava ao cenário desportivo internacional.

Logo de início, Elizabeth surpreendeu-se com a repercussão da iniciativa nos meios de comunicação. O entendimento de que o país cumprira as condições estabelecidas pelo COI para sua readmissão era controverso. Alguns argumentavam que era cedo para considerar que a segregação racial tinha acabado. Apesar da criação da estrutura esportiva multirracial unificada, os africanos negros não podiam votar em seu país.

Porém, perante o COI o país já tinha regularizado suas relações esportivas com os demais países africanos. No final das contas, a revogação daquelas leis significava que o país estava deixando para trás o motivo pelo qual havia sido banido. Desse ponto de vista, Elizabeth concordava com a decisão.

Precipitada ou não, a medida encheu de esperança os atletas sul-africanos por lhes abrir as portas para os Jogos Olímpicos de Barcelona do ano seguinte. A última medalha olímpica do país era um distante bronze em 1960. Medalha essa conquistada por um branco, pois jogadores negros não eram convocados pelas delegações sul-africanas desde 1904. Agora, eles estavam entusiasmados com a oportunidade de virar esse jogo.

A visita aconteceu num cenário político delicado. Ninguém dizia, mas todos sabiam que a questão crucial não era o acesso a competições e medalhas. Era o direito de igualdade ao alcance de todos que estava em questão. Se na Grécia antiga as olimpíadas exerciam o poder de findar guerras, por que não poderia acontecer um avanço social na África do Sul por meio da integração pelo esporte?

Após a cerimônia oficial entre governo e COI, a comitiva deu seguimento a mais uma empreitada delicada: uma visita à *Vilazaki Street*, no município de Soweto. Enquanto por todos os lados havia restrições aos negros, naquele território os brancos não eram bem-vindos. Apesar das circunstâncias complicadas, o COI sabia o que estava fazendo. Lá moraram dois ganhadores do prêmio Nobel da Paz: Nelson Mandela antes de ser preso e o arcebispo Desmond Tutu. Se eles quisessem avançar, era por ali que deveriam passar.

O silêncio tomou conta da delegação assim que avistaram as casas. Dispostos em ruas não pavimentadas que pareciam não ter fim, barracos, pequenas construções de tijolos e alojamentos de zinco alternavam-se ao longo do horizonte.

Soweto não era apenas mais uma favela. O colorido árido e triste daquelas construções abrigava quase três milhões de habitantes. Era como se parte do país tivesse sido espremido, condensado para que coubesse ao longo daquelas ruas. Em sua maioria descendente dos nativos colonizados pelos holandeses e de escravos importados de Moçambique, Madagascar e Índia, eles se agarravam ao que tinha restado de suas origens e as exibiam nos dialetos falados nas ruas.

As chagas abertas por décadas de conflitos violentos estavam lá: escorrendo em esgotos a céu aberto, sustentados pelos monumentos da *Vilazaki Street*. Não há como passar imune por um lugar como Soweto.

Sob o sol escaldante do início da tarde, Soweto os recebeu de braços abertos.

Muitos saíam de suas casas para olhar de perto os visitantes ilustres. Líderes comunitários encarregaram-se de espalhar o assunto que os tinha levado a seu país. Foi o bastante para que sorrisos se abrissem, mãos se estendessem, e crianças, muitas crianças, pulassem de alegria ao receberem algumas bolas com que o comitê as presenteou.

Sorridente, Elizabeth foi abraçada por crianças e mulheres, e saudada por homens que falavam idiomas que ela não entendia. Em meio à alegria contagiante abraçou os pequenos, beijou bebês que lhe eram colocados nos braços, acariciou cabecinhas que se chegavam a ela com faíscas nos olhos e nada nos pés.

Ao abaixar-se para colocar uma menininha no chão, sentiu uma vertigem. Uma forte onda de calor subiu por seu corpo e quando chegou à sua cabeça tudo ficou vermelho. E então ela não viu mais nada.

Quando voltou a si, estava sentada numa casa de chão batido, seus pulsos e lábios estavam molhados, uma senhora lhe oferecia um copo de água. Atordoada, ela aceitou a oferta e bebeu a água morna, levemente turva sem prestar muita atenção ao que estava fazendo. Após alguns poucos goles, agradeceu a acolhida levantando-se com cuidado.

Percebeu novamente o efeito da temperatura sobre seu corpo. O mesmo calor que sentira ao abraçar aquelas crianças magras, apertar as mãos suadas e fortes que a receberam.

Alguns dias após a visita, Elizabeth descreveu o local para Mário como "uma imensa favela em que a tradição, os doze idiomas oficiais e a alma do negro sul-africano estão impregnados no ar. Naquele lugar, não há como ignorar a história de precariedade em que quase três milhões de pessoas vivem em pleno século XX." Após um profundo suspiro, concluiu: "Só se parássemos de respirar." Nesse momento, uma lágrima escorreu em seu rosto fechando o relato.

Mário não comentou o assunto, nem fez perguntas. Era visível como a viagem havia afetado sua esposa. Desde seu retorno, ela se mostrava pensativa e meio sonolenta. Então, começaram os enjoos. As suspeitas se confirmaram em uma visita ao ginecologista: um bebê estava a caminho.

Rio de Janeiro 1991

O VOO PROCEDENTE DE BARCELONA ATERRISSOU NO AEROPORTO internacional Antonio Carlos Jobim, no Rio de Janeiro, naquele dia de dezembro de 1991. Nove anos haviam se passado desde que tinha desembarcado no Rio de Janeiro cheio de planos, prestes a se casar. Acostumado a lidar com eventos grandiosos, integrar projetos de alta tecnologia e conciliar interesses divergentes, dessa vez Mário não sabia o que fazer. Nada do que tinha feito em Los Angeles, Seul ou Barcelona chegava perto do que esperava por ele.

Na área de desembarque, esteiras apinhadas de malas e pacotes, passageiros à sua volta e uma fila para conseguir um táxi. Por um instante, teve a impressão de seguir o movimento de uma massa hipnotizada. Todos na mesma cadência, mesmos gestos, para que destino?

O tráfego na Avenida Vinte de Janeiro fluía tranquilo e em poucos minutos seu táxi já adentrava a via expressa Presidente João Goulart. Seguiu pela Maré rumo ao Caju, deixando para trás a cidade universitária e a ilha do Fundão. Ao cruzar a Avenida Brasil, que levava à ponte Presidente Costa e Silva, Mário se voltou à esquerda esperando que a ponte Rio Niterói, como é mais conhecida, se mostrasse e lhe desse as boas-vindas. Há quantos anos fazia isso?

Agora se aproximava da região Vasco da Gama, depois São Cristóvão para chegar ao Flamengo. Conforme se afastava do aeroporto, percebia a movimentação do comércio nos bairros e a lentidão do trânsito. De um lado Laranjeiras, do outro Santa Tereza e o Corcovado, aproximava-se da Urca. Faltava muito pouco para o Natal.

Ao passar pela Praça Engenheiro Bernardo Saião, lembrou-se de seus tempos de menino sobre sua bicicleta desafiando as ruas de Botafogo. O homem, que um dia foi menino, gostava de parar naquela praça para descansar, se deixar ficar, sentado na grama ao lado de sua bicicleta vendo os carros passarem. Aquele não era exatamente um ponto turístico, mas era o seu ponto de parada, o ancoradouro de suas dúvidas, quase um segredo que nunca dividiu com ninguém. Agora ele estava muito perto, quase chegando.

Num impulso, pediu ao motorista que contornasse a praça alterando seu trajeto. "Amanhã, Elizabeth, amanhã."

***

Às vezes, a vida conta histórias estranhas. A mãe e o pai moravam na casa de dois andares em que Mário tinha nascido, crescido e voado. Ele havia ido para tão longe, há tanto tempo, que já não se lembrava de quanto tempo não pisava ali. Isso nunca o tinha incomodado. Mas agora, ao abrir o portão, sentia-se estranho.

Na garagem, sua última bicicleta suspensa em um gancho na parede à direita. Mais alguns passos, o quintal. Meu Deus, o quintal de toda uma infância: o balanço intocado, a casinha de cachorro vazia num canto, a mangueira enrolada e pendurada no muro próximo à torneira. Mário perguntou:

"Vocês não mudaram nada?"

— Por que mudaríamos?

Instalado em seu antigo quarto, ele reconhecia a densidade do colchão da sua juventude sem conseguir dormir. Tudo era simultaneamente tão familiar e tão distante... Os cheiros, os barulhos da vizinhança, as janelas sem isolamento acústico. E a luz? O mesmo poste iluminando o quintal de sua infância parecia chamá-lo para contar as novidades. Como se quisesse saber onde esteve durante todos aqueles anos, o que havia feito. Como se a vida, ou pelo menos uma parte dela, permanecesse imaculada e inerte, disposta e disponível, insuportavelmente esperando por ele.

Levantou-se, calçou os chinelos, saiu de seu quarto e encarou a encruzilhada: quantas vezes havia se levantado no meio da noite e caminhado até o quarto dos pais segurando o travesseiro: "Não consigo dormir..." O pai respondia, a mãe o abraçava.

Naquele momento, diante daquele corredor e suas portas, ele preferiu descer as escadas.

Passou pelas salas, atravessou a cozinha, destrancou a porta e saiu para o quintal. Caminhou devagar tocando memórias, reavivando objetos. Sentou no balanço e começou a se embalar. Em que momento aquele menino foi deixado para trás?

— Está sem sono? A mãe o resgatou.

"Desculpe, acordei você? Estava aqui pensando, nem percebi que esse balanço está rangendo."

— Nas noites em que venta forte, ouvimos esse rangido. Então, preferimos deixar assim.

"Para ouvir o rangido?"

— Para nos lembrarmos do garotinho que fazia esse barulho.

Mário sorriu, meio sem graça.

"Andei sem tempo, não é? As coisas foram acontecendo, o tempo passou..."

— Acontece.

"Mãe, quando foi que aconteceu?"

— Do que você está falando?

"Tudo parece tão distante, como se... Como se não fosse minha vida."

— Todos passamos por isso em algum momento. Parece que 'fechamos para balanço' pra decidir como vai ser dali pra frente.

Permaneceram em silêncio, só olhando a lua. Então,

sem olhar para a mãe, perguntou:

"Vocês sabem de tudo?"

— Sabemos do André.

Mário respirou com certo esforço sem saber como prosseguir. A mãe o interrompeu:

— Você sempre foi meu garotinho adorado. Pensando em te proteger, eu cometi os meus erros. O tempo passou, mas aqui dentro eu nunca me esqueci.

"Essa é a minha mãe", pensou. Ele não entendeu onde ela queria chegar. Quem sabe se tornando pai a compreendesse. Para não polemizar nem desviar da questão, disparou de uma só vez:

"Seu neto nasceu..."

A mãe endireitou a coluna antes de enfrentá-lo:

— Ele é o seu filho. É isso que importa.

Mário se esqueceu de ser filho e a encarou como homem.

A mãe não se intimidou.

— A indiferença, meu filho, é um chicote que abre feridas difíceis de cicatrizar. Não cometa esse erro.

Pegou as mãos do filho e continuou:

— De manhã, quando chegar à maternidade, abrace sua mulher e a ajude a se fortalecer. Uma mente desperta reconhece a rejeição e não se submete. Sorriu e continuou:
— Quando você olhar para o seu filho, você vai amá-lo incondicionalmente. É a lei da vida, Mário, os filhos nascem para nos ensinar amar. Sustente-os. Nós estaremos aqui para ajudar vocês.

Não era preciso dizer mais nada. Ele desviou o olhar procurando uma saída para escapar do solavanco causado pelas palavras não pronunciadas. Sentiu o nó na garganta e reagiu soltando suas mãos num gesto rápido. Buscava um caminho, um sinal, uma ideia, quando algo no quintal o capturou:

"Minha casa na árvore. Ah, o meu refúgio! Se essa casa falasse... Se contasse as dificuldades, as experiências escondidas que vivi longe dos olhos de todos — só nós dois. Ela sempre me acolheu..." Os pensamentos se sucediam fazendo sua cabeça latejar, eram tantas palavras.

Ele se sentia como se tudo ali estivesse esperando por ele. Como se cada folha, cada degrau, cada detalhe lhe dissesse: "Nós sabíamos que um dia você voltaria." Todos queriam falar, faziam perguntas, contavam histórias que ele não reconhecia.

Subitamente, coração agitado, percebeu uma gota de suor escorrendo em sua testa. Então aconteceu: a mangueira se desenrolou e começou a jorrar água por todos os lados. O cachorro latindo de um lado para outro, um garoto correndo para escapar do pai risonho com a mangueira nas mãos. A mãe falando alguma coisa da janela da cozinha, ele tentando subir na casa da árvore. É isso, meu Deus, é isso! O menino que ele havia sido, voltava para o homem ao qual se transformara, acomodando-se em seus pensamentos, deslizando por suas veias e aquecendo seus sentimentos. Voltando-se para frente, Mário disse:

"Não se preocupe, mãe. Meu filho vai ter um quintal."

Prazer em conhecer

Elizabeth adorava seu apartamento em Barcelona. Havia se habituado à cidade que via pela janela, cheia de luzes e oportunidades. Até aquele início de 1992, uma casa jamais estivera em seus planos. Quintal, jardim, calçadas e tudo mais que se pressupõe vir com uma casa não passava por sua cabeça nem em seus sonhos mais românticos. Como ela pôde concordar tão facilmente com essa ideia?

A cada dia, ficava mais claro que seria impossível conciliar sua rotina de viagens e reuniões sem hora para terminar e a maternidade. Outra carreira, outra empresa, talvez. Mas aquele estilo de vida era uma etapa encerrada para ela.

No fundo, Mário concluiu, Elizabeth sabia disso. André precisava de cuidados.

Por insistência dos pais, consideraram a possibilidade de se estabelecerem no Rio de Janeiro. A proposta parecia perfeita: arranjariam uma casa entre Botafogo e Urca, próximo ao endereço deles. Ela poderia contar com o apoio dos avós para cuidar de André e gradativamente reestruturar sua vida. Quando quisesse, tomaria um voo para se encontrar com o marido onde ele estivesse, passariam alguns dias juntos, e voltaria para casa sem se preocupar com o bem-estar do filho que ficaria com os avós. No Rio, ela poderia restabelecer contatos e, assim que tudo se encaminhasse, retornar ao mercado de trabalho.

Tomada a decisão, partiram em busca de uma casa. Precisavam ser rápidos, pois o tempo de Mário estava se esgotando.

A maratona de pesquisa começou na vizinhança, depois nos jornais. Logo constataram que não seria fácil encontrar o que procuravam. Os terrenos no Rio de Janeiro eram caríssimos. As casas prontas não atendiam às expectativas de espaço do pai. Mas eles não podiam desistir.

Foi nesse momento que a Companhia pediu a Mário que visitasse o TECPAR — Instituto de Tecnologia do Paraná — situado em Curitiba, no sul do país.

A instituição tinha chamado a atenção da Companhia ao firmar um acordo com a Agência de Cooperação Internacional do Japão: JICA. O objetivo da associação era apoiar a indústria automobilística que se instalava no estado do Paraná. Uma nova sede estava em construção na cidade industrial para abrigar os novos equipamentos e técnicos japoneses estavam prestes a chegar. A Companhia estava certa de que atrás dos projetos automobilísticos viriam inovações em outras áreas de atuação. Conhecidas em todo o país, as contribuições do TECPAR iam desde o combate a pragas na agricultura, controle de falsificação da gasolina até a produção de vacinas. Era o momento de estabelecer parcerias.

Enquanto Mário passava os dias em reuniões, Elizabeth passeava pela cidade com o pequeno André.

Ela já tinha ouvido falar da capital do Paraná em países da Europa e da Ásia. Curitiba havia ganhado fama internacional devido a seu engenhoso sistema de transporte público. Baseado em canaletas exclusivas para os ônibus, grandes eixos cortavam a cidade entremeados por terminais de embarques e desembarques. O sistema permitia que os passageiros circulassem em qualquer direção: desciam de um ônibus e embarcavam em outro quantas vezes fosse necessário ao preço de uma única passagem. "Como um sistema de metrô de superfície", concluiu.

Em janeiro de 1992, os ônibus vermelhos eram um transporte tranquilo fora dos tradicionais horários de grande fluxo. Elizabeth adorou passear pela cidade indo do centro a bairros da periferia carregando André no bebê conforto.

A cidade pareceu-lhe pronta para crescer. Havia edifícios altos e modernos aqui e ali, mas nada que pudesse ser comparado a São Paulo ou Barcelona. Ainda viam-se muitos terrenos disponíveis ao longo das vias que se estendiam por ruas arborizadas.

De tempos em tempos, o verde tomava contornos mais fortes: eram os parques. Distribuídos por toda a cidade, foram concebidos para resolver problemas de inundação nos períodos de chuvas que, todos os anos, traziam transtornos aos habitantes das regiões mais baixas. Dotados de projetos urbanísticos arrojados, eram um convite à população para a prática de esportes e caminhadas nos dias em que o sol brilhava na cidade.

Elizabeth estava encantada com suas descobertas. Naquele sábado, levou o marido para tomar o café da manhã na confeitaria Lancaster da Praça Zacarias. Depois caminharam pelo calçadão da Rua XV de Novembro, surpreendendo-se com o movimento na biblioteca instalada no vagão do antigo 'bondinho', e com as longas faixas de papel e tinta disponíveis na rua. Pouco a pouco, as crianças iam chegando para desenhar até cansarem e se afastarem lambuzadas de tinta e alegria.

Elizabeth queria mostrar tudo que descobrira a ele, mas não era possível. Optaram por pegar um táxi e comer uma feijoada no restaurante do parque Barigui.

Nos finais de semana, os parques eram tomados por crianças de todas as idades jogando bola, correndo em suas bicicletas, skates e patins por toda parte. Entre as garfadas de feijão preto e linguiça de sua feijoada, Elizabeth já podia imaginar André crescendo naquele ambiente. Longe da agitação do Rio de Janeiro, é verdade, mas numa das regiões mais promissoras do país.

Enquanto as negociações da Companhia avançavam, Elizabeth passou a procurar uma casa com quintal.

Conversando com corretores de imóveis, entendeu um pouco melhor o modelo de viver bem que se expandia pela cidade:

“Que melhor quintal para seu filho que um parque municipal na porta de casa? O curitibano tem aderido cada vez mais a condomínios fechados próximos a áreas de lazer. A cidade tem muito espaço. Há excelentes opções perto do centro ou em bairros interligados pelas ‘vias rápidas’”.

“O que são as ‘vias rápidas’?”

“São ruas com várias pistas para carros com semáforos sincronizados para que o tráfego flua com agilidade. São as chamadas ‘vias estruturais’ implantadas a partir da década de 70. Antes que inventassem tudo o que existe em torno da palavra ecologia, o plano urbanístico Serete pensou na preservação verde do parque Iguaçu e na cidade como um projeto de longo prazo. De lá surgiram os parques.”

Elizabeth estava impressionada. “Eu entendo o que você está dizendo. É mais ou menos o que presenciei em Barcelona. É a continuidade em torno de um bom projeto, que aos poucos vai sendo construído, dando prosseguimento às boas ideias, achando soluções para as questões que vão surgindo”, respondeu ao corretor.

Mas e a praia? Ela era carioca, amava o sol e o mar. Logo descobriu que isso não seria problema. Há apenas cento e doze quilômetros, estava o balneário Matinhos. Com um pouco de sorte, o trajeto poderia ser realizado em menos de duas horas. De lá, uma avenida beira-mar em construção ligaria uma grande extensão de praias. “Poderei abrir André para o mar.”

As negociações chegaram ao fim. Mário tinha que voltar à sua rotina entre Barcelona e Atlanta. Depois entre Atlanta e Sydney, e depois? Ele tinha que partir. O que fazer?

Seu filho precisava estabelecer raízes, sentir-se seguro para desenvolver-se melhor. Não, não poderiam submetê-lo a uma sequência de vidas temporárias hoje aqui, amanhã quem sabe aonde.

O preço dos imóveis no Rio de Janeiro os tinha pegado de surpresa. E aquela viagem a Curitiba tinha precipitado as coisas. Elizabeth havia se encantado pela cidade. Mário sabia o quanto estava sendo difícil para ela adaptar-se a tantas mudanças. Como privá-la de todas as escolhas?

Por outro lado, talvez fosse bom para Elizabeth distanciar-se do que lhe era costumeiro e recomeçar em outro ambiente. Ela gostava de explorar novos lugares. Uma cidade diferente poderia ajudá-la a lidar com os desafios do seu presente. Sem dúvida, Curitiba era uma boa opção. Sem a poluição e o calor do Rio, a cidade possuía boas alternativas de imóveis, lazer e escolas.

Entre as perguntas de Mário e os protestos dos avós, Elizabeth e André estabeleceram-se num condomínio residencial às margens do rio Barigui. Com suas histórias e lendas, as águas do rio cortam a cidade de Curitiba e fazem a beleza de vários parques. Como o parque que leva o seu nome e o parque de André, do pequeno André que se acostumaria a vê-lo da janela antes de aprender a pronunciar seu nome: o parque Tingui.

Alugaram uma casa ampla com poucos móveis. Elizabeth optou por instalar o berço de André em seu quarto. Como na maior parte do tempo seriam os únicos moradores daquela residência, não fazia sentido ficarem separados. Duas suítes foram preparadas para receberem os avós a qualquer momento. E o último quarto foi destinado aos brinquedos até que André crescesse o suficiente para se instalar num espaço só dele.

Uma grande poltrona reclinável foi colocada na sala, de frente à televisão, de modo que pudesse ser vista da porta da cozinha. Posicionaram a escrivaninha de aço e vidro junto à janela da qual se podia ver todo o quintal. Lá foi instalado o computador. No mais, o importante era eliminar os obstáculos e deixar o espaço livre para que André pudesse reinar absoluto.

Tudo decidido, Mário já podia viajar.

Barcelona 1992

Enquanto checava pela última vez todos os cantos do apartamento em que vivera no último ano, Mário assistia, como num filme de ação, ao desenrolar dos fatos que transformaram sua vida.

Sob a direção de um comitê interdisciplinar, a transformação da cidade de Barcelona seguiu a passos consistentes. O que aconteceu ali não foi novidade apenas para Mário. Em nenhuma das olimpíadas organizadas ao longo de tantos anos, a transformação urbanística de uma cidade-sede fora um objetivo presente em quase todos os projetos como nas olimpíadas de 1992.

O apartamento estava em ordem. Seu voo partiria no início da noite. Ele podia dar uma última volta pelas ruas da cidade que tinha transformado sua vida.

Com as mãos nos bolsos, vagava sozinho pelo centro da cidade. Um casal passou ao seu lado comendo algo cujo cheiro lhe parecia familiar, provocando o ronco de seu estômago. "Que horas são?" Ele olhou no relógio e percebeu que não comia nada há horas. E o aroma quente e conhecido, de onde vinha? Na placa acima de sua cabeça, ele leu: *Ronda Sant Pere*. Ele reconheceu o local: estava a poucos metros da *Plaza Catalunya*.

Um sorriso, quase uma risada, brotou em seus lábios ao descobrir de onde vinha o odor que havia despertado sua fome. À sua frente, na esquina de número 13, Mário entrou numa cafeteria que o lembrou do Starbucks, com seus bolos, lanches e cafés...

"E poltronas. Elizabeth que me desculpe, minhas pernas adoram essas poltronas". Há alguns meses, dividia-se entre os preparativos de Barcelona e Atlanta. "Estou voltando para a América", ele pensou.

Entrou, serviu-se de um café com leite descrito como *macchiato* e se instalou em uma poltrona ao lado da janela. Permaneceu ali tomando seu café sem pressa. Apesar do frio que imperava em toda Barcelona naquele sábado, ele sentia no ar um clima de otimismo, percebia nas feições geladas um sentimento de satisfação. "Como essa cidade pode ser tão ardente e tão fria ao mesmo tempo?"

Após algum tempo, as lojas fecharam as portas. Grande parte das pessoas atravessavam as ruas em direção às estações de metrô no entorno da *Plaça Catalunya*. Mário decidiu caminhar mais um pouco até *La Boqueria*

— um grande mercado localizado na famosa Avenida *Las Ramblas*. De onde estava, se andasse até a *Plaça Catalunya* e embarcasse na estação de metrô, estaria lá em menos de quinze minutos. Levantou-se e saiu do *Starbucks*.

Na porta, sentiu o ar frio daquele início de tarde de fevereiro, os pés descansados, e uma vontade enorme de preencher seu tempo com coisas que o impedissem de pensar na partida de Elizabeth. Ela adorava esses passeios. “O que ela estará fazendo agora em Curitiba?” Uma rajada de vento gelou seu nariz. Mário fechou seu casaco até o pescoço e se pôs a caminhar.

A cada passo envolvia-se mais com a atmosfera local deixando seus devaneios para trás. Os espanhóis são um povo firme. Quem sabe pela tonalidade de seu idioma, suas palavras soam categóricas, sem reticências. Passavam por ele com seus passos longos e rápidos. Talvez para deixar para trás a semana de trabalho, talvez para chegar depressa em casa. Ou simplesmente para fugir do frio. Todos indo a algum lugar. Para onde iam aqueles cidadãos? O que buscavam a cada esquina? E de onde vinha a convicção que ele identificava em seus rostos?

Um olhar mais atento, capaz de penetrar nos detalhes minuciosos dos projetos, poderia desvendar a razão da emoção que pairava sobre os habitantes da região: a cidade se abria para o mar. “Se o desejo catalão levou à elaboração do plano diretor urbanístico da grande Barcelona, com os jogos eles vislumbraram a oportunidade de acelerarem sua execução e se agarraram a ela.”

Desde que esse entendimento lhe ocorreu durante uma reunião, Mário detectava sinais que comprovavam sua teoria nas menores situações. Ele via a modernidade renascendo com a urgência de uma operação de resgate.

Ele podia sentir na pulsação daquela população o fluxo da retomada da beleza e da importância comercial, experimentada pela região havia muitos séculos. Como se as praças, e outras intervenções simples, tivessem acordado em seus habitantes a lembrança de sua herança mitológica e eles tivessem gostado. Eles se lançavam às reformas como os exploradores de séculos atrás que se aventuravam em viagens sem destino certo, mas com um objetivo muito claro: a glória da superação de seus limites.

Diante desse sentimento, era curioso constatar que apenas dez por cento do orçamento total fora destinado às instalações olímpicas. A preocupação não era terminar as obras para uma olimpíada. Eles queriam realizar obras de qualidade para o futuro. Era para lá, para frente, que todos os olhares estavam voltados.

O sinal se abriu para os pedestres e Mário começou a cruzar a *Plaça de Catalunya*.

Desse propósito, nasceram mais de cinquenta quilômetros de galerias subterrâneas com o objetivo de abrigar a expansão da rede elétrica. Particularmente, esse projeto chamou a atenção de Mário por fazê-lo se lembrar das famosas galerias subterrâneas de Paris. Por elas, *Jean Valjean* carregou o personagem Mário num esforço hercúleo narrado no romance 'Os Miseráveis' do escritor francês

Victor Hugo. Após deixar sua casa, sua família e se engajar na luta por seus ideais ele foi resgatado para viver uma história de amor. Agora, era a vez dele, o homem que havia se tornado — Mário — andar pela *Las Ramblas* carregando em seu peito suas inquietações.

Ele parou e olhou à sua volta. O vento forte o fez dar um passo para trás. Como o peso dos ferros atados aos pés do jovem *Valjean* por roubar um pão, as incertezas do presente exigiam que ele se concentrasse no que estava por vir e não se deixasse tombar pelas dificuldades que insistiam em se instalar.

Provavelmente influenciado pelas circunstâncias do momento, ele questionou-se: — Quantas pessoas, pais e mães, atravessam as galerias invisíveis das dificuldades para carregar seus filhos até um futuro seguro? Assim como treinadores e comissões técnicas, quantos se envolvem na tarefa de projetar o outro até o pódio festejado pela sociedade? Mário respirou profundamente e entendeu, ali, sozinho, onde estava o troféu que desejava conquistar.

Uma placa sobre um portal de ferro anunciava: *Mercat St Josep La Boqueria*. "Cheguei."

Agitado pelas reflexões, Mário passou pelos corredores apinhados de visitantes e produtos, seguindo diretamente ao seu estabelecimento preferido: o bar *El Quim de La Boqueria*. '*El Xef*', como gostava de chamar seu amigo Quim, conquistava a fidelidade de sua clientela a cada dia. Desde que havia chegado à *La Boqueria* em 1987, aguardava a oportunidade de conseguir uma área maior que lhe permitisse expandir seu cardápio e atender os visitantes que não paravam de chegar. Discreto, Mário sentou-se no balcão e pediu sua refeição de despedida: *huevos com chipriones* e uma *Canya*.

Lula, *chipriones*, lula. Uma sensação de maresia tomou sua pele e penetrou em seus pulmões. Em meio às garfadas, ele se lembrou da fascinação dos catalães pelo mar.

Há dois dias tinha passado pela região costeira onde o passado estava prestes a tombar diante do futuro. Quando a visitara pela primeira vez, a orla era tomada por antigos barracões industriais e cortada por uma estrada de ferro. Era uma região pobre, suja, quase abandonada. Pois foi lá que os alojamentos dos atletas foram construídos. Mais de cinco quilômetros beira-mar transformaram-se em bairros residenciais planejados. E a linha férrea cedeu lugar a um moderno metrô que ligou a região ao centro. O Mediterrâneo, ao sul da cidade, voltava à paisagem urbana com uma praia e uma nova marina.

Tomou um gole longo e gostoso de seu chope ao pensar no mar. Próximo aos alojamentos, nas imediações de *Montjuic*, a urbanização intensificou-se. Agora, a antiga terra de Hércules era a sede do estádio olímpico.

Conta uma das lendas da fundação de Barcelona que Hércules, após realizar o quarto trabalho, pediu ajuda a Jasão para atravessar o mar Mediterrâneo. Partiram com nove navios, mas após uma tempestade um dos navios não se juntou à frota. Jasão, então, determinou que Hércules resgatasse a nona barca. Para sua surpresa, os náufragos foram encontrados em uma colina tão doce, que decidiram lá fundar sua cidade que chamaram *Barcanona*, ao redor de *Montjuic*. "Nós também naufragamos aqui", Mário pensou.

Mas aquela era a terra de Hércules! Naquele fim de século, seu espírito realizador parecia renascer. Mais uma vez, o mar chegava à Barcelona e fundações eram construídas. A cidade abrigaria visitantes que chegariam de todos os lados. A mitológica chama olímpica dos gregos se acenderia e, quem sabe, novamente mudaria os rumos daquela cidade e de seus habitantes.

Mário levantou o copo e fez um brinde. Secretamente, desejou que as Olimpíadas de Verão de 1992 fossem tão fantásticas como o tempo de romance e realizações que tinha passado na cidade. Ele não estaria lá. Atlanta o aguardava.

Curitiba 1992

MÁRIO ESTACIONOU EM FRENTE À NOVA CASA, DESAFIVELAVA A cadeirinha de André quando ouviu um grito:

"Cuidado!"

Elizabeth havia descido do carro e quase pisado num pequeno robô que avançava um metro à frente de seu operador. Ela parou assustada, enquanto Mário, agora com André nos braços, apressou-se para ver o que estava acontecendo:

"Desculpem-me, por favor. Eu estava distraído e não percebi que vocês estavam descendo do carro. A senhora está bem?"

— Eu é que peço desculpas. Não é todo dia que se vê robozinhos andando por aí.

"Ah, são os meus companheiros... Mas o que temos aqui?! Quem é esse garotão?"

— É o nosso André. Muito prazer. Mário. Disse, estendendo a mão.

"Podem me chamar de Eureka. Doutor Eureka."

Entre trocas de apresentações e boas-vindas, acabaram todos na sala de Elizabeth. Mário e doutor Eureka, André e o pequeno robô. Qual não foi a surpresa dos homens ao descobrirem que possuíam vários conhecidos em comum. Por uma daquelas peças que o destino costuma pregar, o vizinho era médico, proprietário de uma clínica especializada em ortopedia técnica, cujo principal fornecedor era a Companhia.

Antes de especializar-se em ortopedia e montar sua própria clínica, havia atuado como pediatra no interior do Paraná por mais de duas décadas. Agora, viúvo e com os filhos crescidos, morava sozinho.

Quando não estava na Clínica, explicou, dedicava-se a um passatempo que lhe consumia todo o tempo e preenchia por completo sua mente e seu coração: ele montava robôs. Todos os sábados, ele saía para caminhar pelas ruas do condomínio com suas pequenas criações controladas por ondas de rádio. E foi exatamente um de seus robozinhos que fizeram os olhos do pequeno André se arregalarem.

Mário falou de suas viagens e da decisão de fixarem residência em Curitiba. Doutor Eureka prontificou-se a cuidar de André na Clínica e ajudar os novos vizinhos a qualquer hora que fosse necessário.

Em poucos dias, Mário informou-se sobre o doutor Eureka e garantiu a Elizabeth que ele gozava de uma ótima reputação. Mais tranquila, ela agendou uma consulta e ao final daquele mês levou André pela primeira vez à Clínica:

"Muito bem, mãe, como vai o nosso garoto?"

— Bem, doutor.

"Alguma queixa?"

— Ele está bem, tem apetite, acorda três vezes à noite para mamar...

"Está ouvindo isso? As mães reclamam de tudo. Se come demais, se come de menos, vá se acostumando." Disse num tom de voz firme, piscando para André.

"Pode tirar toda a roupa dele, mãe. Vou examiná-lo."

Sob o impacto daquele início de consulta, Elizabeth calou-se, preparou seu bebê e esperou.

Doutor Eureka aproximou-se e delicadamente examinou-o falando sem parar.

A princípio assustado, André foi ficando mais à vontade, balbuciando para o médico.

"Está tudo bem com ele. Quero vê-lo em trinta dias. E você, garotão, comporte-se bem. Vá aprendendo com a sua mãe como tratar as mulheres. Você vai precisar saber disso."

Com um sorriso e um forte aperto de mão, despediu-se de Elizabeth.

Após acomodar o bebê no carro, Elizabeth sentou-se e afivelou seu cinto de segurança. "Ele é um tanto estranho..." Pensou, dando a partida no carro. "Foi tão bem recomendado, vou tentar. Quem sabe na próxima consulta nos acertamos melhor." Ligou o carro e se concentrou no trânsito.

***

Em poucas semanas, Elizabeth descobriu-se em uma linda casa, com um filho no berço e nenhum rumo para sua vida. O que fazer com o tempo que voltava às suas mãos?

A tecnologia permitia que conversasse com Mário várias vezes ao dia, mas isso não bastava. Ele tinha suas atividades, ela sabia, não podia interrompê-lo a toda hora. E se pudesse não faria diferença, pois a questão era aquela parte que cabe a cada um realizar em sua existência. Não há como delegar ou compartilhar. Cada um tem sua estrada e ela parecia ter perdido a bússola de sua jornada.

Imersa em seus pensamentos, observava pela janela do quarto o parque iluminado pelo sol. A seus olhos, era apenas uma paisagem sem expressão, não lhe dizia nada. De repente, ouviu o choro de André e deu um pulo. Era a chamada para aterrissar na realidade.

Elizabeth aproximou-se do berço e pegou o filho nos braços. Conversando e cantando, o colocou no trocador e tirou sua fralda. O pequeno gostou da liberdade. Tão pequenino, mexia as perninhas e dava gritinhos de satisfação. Em seu rosto havia alegria — uma paz que a tocou e a fez sorrir. Ela apoiou os cotovelos no trocador e ficou ali, rindo com ele, enquanto André movimentava-se cada vez mais tranquilo, alegre e solto.

Aquela cena em sua mansão de muitas suítes poderia estar acontecendo nos sobrados populares do outro lado do parque. Ou nos apartamentos do centro da cidade, nas creches municipais, na favela que vira no trajeto para o aeroporto. "A paz é tão simples" ela pensou. "Eu preciso aprender a ser simples." Ela segurou seu bebê, colocou uma fralda limpa, vestiu-o e o aconchegou em seu colo. Sentou-se na poltrona ao lado da cama e se preparou para amamentá-lo.

Naquele momento, ela era o alimento de seu filho. Uma criança totalmente dependente, pedindo a chance de se estabelecer. Ela podia fazer isso. Podia limpá-lo, alimentá-lo e niná-lo até adormecer. Podia conversar com ele, cantar, inventar histórias, mostrar o sol sobre o gramado do parque. Saciado, André acomodou-se sobre o ombro esquerdo da mãe. Elizabeth se levantou e, caminhando pelo quarto, olhou novamente pela janela. Viu os patos. Muitos patos na margem do rio, fazendo uma tremenda algazarra.

"Veja, querido, os patinhos!" O bebê abriu os olhos e os manteve fixos na direção da janela. Ela sorriu. "Ele me entendeu. Por quanto tempo vai se lembrar dessa cena? O que estará sentindo, tão pequenino, ao ver as aves correndo no gramado?" Os pensamentos se avolumavam na cabeça de Elizabeth. Então, ela teve uma ideia. Colocou o filho no carrinho, protegeu-o com uma manta fina como as manhãs ensolaradas de fevereiro requerem e se dirigiu à porta. Percorreu o caminho até a portaria, seguiu descendo a rua que dava acesso à guarita do condomínio. Atravessou a via com cuidado e lá estavam eles, como os patos, na grama.

Eles se movimentavam em direção ao rio. Alguns nadavam enquanto os demais seguiam para dentro d'água. Elizabeth achou mais seguro deixar que se fossem, sem se aproximar demais. Não queria se arriscar a assustar André. Pegou-o no colo e caminhou ao lado do carrinho. Gradativamente, tirou a manta expondo-o ao sol. André estremecia com a novidade. Ela concluiu que ele estava gostando da brincadeira. Sim, ele estava gostando muito, pois começou a fazer seus barulhinhos e sacudir as perninhas.

Ao levantar os olhos em direção ao rio, notou que os patos já iam longe numa folia ruidosa. Sem premeditar, seus olhos se encontraram com os olhos de duas mulheres que caminhavam na trilha, próxima ao ponto em que estava — entre o gramado e as águas. Elas os fitavam com certa estranheza. Não, não era curiosidade, ela detectou malícia e julgamento naqueles olhares. Um sentimento de leoa à beira do perigo apoderou-se de Elizabeth. Ela esticou o corpo, abriu o peito, e as encarou. Sem pensar, tirou as sapatilhas e começou a cantar e rodopiar com André no colo:

"Como pode peixe vivo viver fora de água fria? Como pode peixe vivo viver fora de água fria? Como poderei viver? Como poderei viver sem a sua, sem a sua, sem a sua companhia?"

Abraçada a André, cantava e rodopiava delicadamente sobre a grama úmida. As mulheres diminuíram o passo e por um instante a observaram. Então, aconteceu. O julgamento deu lugar a um sorriso e elas disseram:

"Bom dia."

— Bom dia. — Elizabeth respondeu retribuindo o sorriso.

O pacto estava firmado. Daquele momento em diante, Elizabeth seria as raízes de André até que ele desenvolvesse seus próprios galhos. Juntos, ela decidiu, iriam sorrir para o mundo e se lambuzar de vida na grama molhada sob o sol das manhãs. Seriam barulhentos como os patos sempre que seus corações tivessem vontade. “Vai dar tudo certo”, disse a si mesma.

Afinal, ela adorava sua rotina na Urca e a havia deixado para seguir Mário em Los Angeles, Seul, Barcelona e em breve ele se mudaria novamente. Por que não deixar Barcelona para trás e recomeçar outra vez? Sua história era marcada por mudanças, mas a de quem não é? Ela havia voado para a Coreia do Sul sem conhecer o idioma, os costumes, os desafios que a esperavam. Ela pensou nas praças e parques da cidade que a tinham acolhido, pressentindo que podia se apaixonar por Curitiba se a conhecesse melhor. Seu clima, o estilo de ser de seus habitantes, seus heróis. Por que não confiar e seguir o movimento da vida?

André enchia seu coração de paz. Uma paz profunda que a derretia à menor lembrança de sua existência. Ele despertava uma porção desconhecida de sua personalidade que parecia querer vir à tona — a leoa do parque. Era a primeira vez que ela surgia. A mudança para Curitiba não era exatamente uma atitude previsível já que seu marido morava em Barcelona e seus parentes no Rio de Janeiro. Mas ela, a cada momento, mais certeza tinha, de que as coisas se encaminhavam e os arrastavam para um capítulo que precisavam escrever. Surpreendentemente, ela sentiu-se feliz por não estar no comando.

Curitiba 1994

Deitado de bruços na grama e apoiando o queixo sobre as mãos, André observava a joaninha percorrendo as folhas dos arbustos que, plantados havia dois anos, em 1994 circundavam os muros do quintal.

À medida que a joaninha se distanciava, André rolava na grama aproximando-se da criaturinha de bolinhas vermelhas. Apoiando-se nas mãos, sentava-se novamente sem se cansar de assisti-la em sua maratona.

Agora o bichinho havia adentrado num arbusto e André tentava localizá-lo. Olhando atentamente por entre as ramificações quase cerradas, percebeu seu movimento a desvencilhar-se de uma folha, retornando à superfície do arbusto.

"Eu te assustei?" Ele disse, ignorando quaisquer dificuldades de comunicação entre eles.

Distraído, não percebeu um besouro se aproximando de sua companheira. Instintivamente, assim que o viu, posicionou sua mão próximo à joaninha de forma que ela subisse em seu dedo indicador. Com a outra mão em concha a proteger a pequena amiga, afastou-a do arbusto em segurança.

Falando baixo, como se falasse com um bebê, André mexia os dedos pavimentando o trajeto, cuidando para não esmagá-la.

"Oi", disse Elizabeth sentando-se a seu lado.

— Oi, mãe. Respondeu sem olhar, extasiado com a agilidade de seus movimentos.

Porém, a joaninha se deslocava rapidamente e apesar de todo seu cuidado, acabou por cair no gramado.

— Mãe, me ajuda, ela caiu. Onde ela está?

"Não se preocupe, ela conhece as plantas, já deve ter encontrado outra trilha."

— Claro, né, todo dia ela passa aqui. Você viu? Ela andou na minha mão.

"Que bacana, filho! Agora vocês são amigos."

— Eu sei. Sabe qual é o nome dela?

"Não."

— Bolinha.

"O Gigante e a Bolinha."

Os olhos de André brilharam e ele confirmou: "É!"

Elizabeth o agarrou, rolou com ele na grama fazendo cócegas em sua barriga e o beijando até se cansarem. Então, ofegantes, deitaram-se lado a lado na relva.

— Será que a Bolinha vai voltar?

"Você não disse que ela volta todos os dias?" Elizabeth segurou a mão do filho, levantando-a:

"Agora que seus dedinhos fazem parte de uma trilha que ela descobriu, vocês estarão sempre juntos aqui", apontando para a cabeça do garoto, "e aqui", pousando a mãozinha sobre o coração. "Na sua memória e na memória dela. E no coração de vocês dois", concluiu.

Olhando fixamente para algum ponto à sua frente, o menino ouvia a explicação.

"Sabia que seu mundo cresceu? Toda vez que você toca o coração de alguém, entramos em sua memória e permanecemos lá. É assim que nós conquistamos nosso lugar no mundo: sendo quem somos."

— E se não nos vermos mais, vou continuar lá?

"Se ela gostou de andar nos seus dedos, você será uma lembrança boa que a deixará feliz mesmo longe de você."

Após uma pausa, André perguntou:

— E se ela sentiu medo?

"Ah, então, todas as vezes que ela vir uma mãozinha fofinha como a sua, o coração dela vai acelerar e ela vai tomar muito cuidado para não subir na folha errada."

— E eu salvarei ela de novo, porque ela não vai subir nas mãos dos meninos malvados que esmagam bichinhos, não é, mãe?

Ela sorriu. "Isso mesmo, André."

Olhando para o filho, Elizabeth pensava como a inocência de uma criança podia ser poderosa, ao permitir se enroscar em porquês e passear por raciocínios retos. Isso sempre a emocionava. Suspirou. O cheiro da grama a lembrou da menina que foi um dia, das ideias que tivera. "Há uma lógica na pureza que parece não resistir ao amadurecimento. Vai se esfacelando frente ao conhecimento", ela pensou. "Mas vai demorar..." Apontando para o céu perguntou:

"Sabe o que é aquilo ali?"

— Uma estrela?

"A primeira estrela já acordou. É hora de entrar, jantar, tomar banho, e cama."

— E o papai?

***

Mário fechou sua mala. Embarcaria rumo a Atlanta nos Estados Unidos, onde os trabalhos seguiam "de vento em popa". Faltavam apenas dois anos para o evento de 1996.

Atlanta é a segunda maior cidade americana. Lá tudo é monumental: as ladeiras, as escadas das estações de metrô, a altura dos prédios, a sede da empresa cuja imagem mundial é uma das marcas da cidade: a Coca-Cola. Seus habitantes são grandes, altos e fortes. Assim como o empenho para alcançarem seus objetivos. Lá nasceu Martin Luther King, o pastor que lutou pelo fim da segregação racial nos Estados Unidos e conquistou um Prêmio Nobel da Paz um ano após seu famoso discurso "Eu tenho um sonho".

Billy Payne também teve um sonho. Nascido em Atenas, no estado americano de Geórgia, esse advogado lançou a ideia de Atlanta sediar as comemorações do centenário das olimpíadas nos tempos modernos. Trabalhou arduamente para conquistar a indicação do comitê internacional com o apoio financeiro da cidade.

Assim como as empresas patrocinadoras, os governos também se beneficiam da visibilidade proporcionada pelo evento e Atlanta sabia disso.

Para as olimpíadas de Seul de 1988, foram construídas duas novas linhas de metrô e a sinalização de trânsito foi renovada. O aeroporto Internacional de Gimpo praticamente dobrou sua capacidade anual de passageiros. Diversos projetos voltados ao meio ambiente levaram a cabo programas de reflorestamento, plantio de flores em espaços urbanos. A impressionante obra de revitalização do rio Han prosseguiu ao longo de décadas após a realização dos jogos.

Barcelona, sede das olimpíadas de 1992, recebeu quase dez mil esportistas numa cidade limpa e moderna, em que tudo parecia funcionar bem. Para isso acontecer, investiu na melhoria do trânsito alargando avenidas e revitalizando áreas abandonadas e degradadas. Agora, a restauração de seu porto estava transformando toda a região num bairro residencial disputado.

As vantagens de fazer uma bela exibição durante os jogos ultrapassam o calendário das competições. Logo após os jogos, muitas empresas abriram escritórios em Seul e impulsionaram seu desenvolvimento. Hoje, a Coreia do Sul é a terceira maior economia da Ásia. Mesmo em Barcelona, cujo planejamento de modernização já estava em andamento há muitos anos, é difícil dissociar a realização das olimpíadas dos investimentos recebidos desde que a cidade foi escolhida como sede do evento esportivo.

Entretanto, nem esse cenário positivo de muitas vantagens para todos tornava simples a tarefa de lidar com os interesses dos envolvidos. Novamente, Mário enfrentava situações inesperadas e desconhecidas. O Comitê de Atlanta para os Jogos Olímpicos e o COI levantavam recursos e negociavam projetos em linhas paralelas. Além das empreiteiras cadastradas, mais de sessenta mil pessoas foram recrutadas para os trabalhos.

Novas linhas de metrô estavam em construção. A reforma do aeroporto internacional seguia acelerada. O maravilhoso *Centennial Olympic Stadium* no anel olímpico era um projeto grandioso. Mas nenhuma dessas obras poderiam expressar melhor o que estava acontecendo em Atlanta do que a construção da vila dos atletas.

As cores do impacto da realização das olimpíadas brilhavam em todo seu fulgor na região, próximo ao Instituto de Tecnologia da Geórgia. Lá, as casas de tijolos vermelhos de *Techwood* e a favela conhecida como *TechFlats* compartilhavam a paisagem. A luta contra a segregação racial parecia pulsar em cada calçada. Era possível sentir o cheiro das dificuldades enfrentadas por seus habitantes, ver em seus olhos lembranças represadas, prontas para destrancar palavras que não se queria ouvir.

Décadas de tensões raciais transbordaram em meio a negociações, desapropriações e projetos de modernização urbana. Os protestos ganhavam os jornais do país. Inúmeros processos chegavam às cortes de justiça. Ao final, nada disso parecia importar. Milhares de famílias estavam sendo desalojadas e realocadas em áreas mais distantes. As construções consideradas inadequadas estavam sendo reformadas ou simplesmente demolidas. E mais uma vez os projetos olímpicos iam dando contornos de modernidade à área.

Mário absorvia os fatos. Quando os desportistas, aos milhares, desembarcassem para os jogos, os alojamentos estariam prontos para abrigá-los. As câmeras do mundo todo apresentariam o resultado harmonioso das novas instalações. Não haveria o menor vestígio das histórias vividas pelos seus antigos moradores. E sua função era contribuir como pudesse para esse resultado.

Às vezes, o homem que suportava o profissional dominava sua mente e antes que Mário pudesse fazer alguma coisa, instalava um pensamento inquietante. Atlanta o fazia pensar. De alguma maneira, os acontecimentos em torno daquela população o remetiam ao episódio vivido por sua família na primeira ida ao parque. Por que as pessoas não podiam aprender a desmontar conflitos, como Elizabeth e suas vizinhas? Por que é tão difícil eliminar as dificuldades que se infiltram em nossas vidas, simplificar as relações?

Ele era um homem prático. A cada dia que se sentava para negociar um projeto, aprendia um pouco mais sobre o peso dos desejos pessoais e das crenças às vezes culturais, às vezes individuais. Quando conseguia limpar as conversas, afastando essas interferências, as coisas aconteciam. Mas não era fácil ser claro.

Olhou no relógio. O táxi estaria na porta em meia hora. Podia se sentar e jantar com seu filho, ou checar os e-mails. Dirigiu-se à sala, Elizabeth não estava lá. Pela janela, avistou-os deitados na grama e resolveu guardar a cena. Subiu as escadas em direção ao seu quarto, abriu a maleta de mão e pegou sua câmera fotográfica para registrar o momento. Da porta da sala, ouviu André perguntar:

— E o papai?

“Estou aqui, André. Vamos jantar? Temos meia-hora.”

— Obaaa!

Atlanta 1996

Enquanto separava documentos e os colocava em caixas, as lembranças do que acontecera há poucos meses em Atlanta preenchiam a mente de Mário.

O tema dos jogos de verão fora "O Triunfo do Espírito Humano" e as surpresas começaram na cerimônia de abertura. O ex-pugilista Muhammad Ali emocionou milhões de pessoas ao acender a pira olímpica, apesar das dificuldades que o mal de Parkinson lhe infringia. Era um prenúncio do que estava por vir.

Nas arenas, os humanos, heróis e super-humanos bateram centenas de recordes mundiais. Pela primeira vez, as paralimpíadas conseguiram patrocinadores em todo o mundo. Novas provas de ciclismo foram incluídas nas competições. E comercialmente, Atlanta foi o palco de números incríveis: a maior quantidade de emissoras de televisão transmitindo os jogos, a maior quantidade de atletas e a maior quantidade de ingressos vendidos.

Infelizmente, todo o aparato de segurança não foi suficiente para impedir o atentado terrorista no oitavo dia do evento. Duas pessoas morreram e mais de cem ficaram feridas. Era a segunda vez que a história desafiava as olimpíadas nos últimos cem anos. Diante da triste tragédia e a possibilidade de um encerramento prematuro dos jogos, o COI determinou: "Os jogos vão continuar."

As polêmicas em torno dos jogos de Atlanta pareciam não ter fim. Após conviver por mais de uma década com grandes empresários, políticos e esportistas, as peças se encaixavam no quebra-cabeças da vida de Mário. O triunfo do espírito humano. Esse era o legado. Permeando os preparativos, a realização e a história olímpica de Atlanta. Para Mário, estava tudo muito claro:

"A cada manhã, o sol desperta um dia que se sobrepõe a uma noite que não vai mais voltar. Ao abrir os olhos, tudo a nosso redor testemunha que o passado acabou. Inconscientemente, podemos repetir os passos de quando éramos mais jovens, programar o dia como se os filhos não existissem, ou comer como se fôssemos levantar da mesa e jogar bola."

No fundo todos sabem que não é assim que se ganha o jogo.

"Contaminados pelo que já passou, às vezes não conseguimos enxergar o presente e perceber que a realidade mudou. Por isso as bombas explodem e as pessoas morrem. Por perderem a capacidade de ouvir a voz que sopra a seus ouvidos, ignoram o que deve ser feito."

Mário falava para si mesmo. Ele queria ouvir o sussurro antes que a realidade gritasse.

Sentia certo alívio ao chegar em casa e constatar que Elizabeth havia ajustado seus dias em torno da maternidade. Saber que os dias de seu filho eram como a infância que ele tinha vivido, o deixava um pouco mais tranquilo. Mas ele sentia falta do tempo, da noite antes do próximo dia. Seu pai era um engenheiro que jantava com o filho todas as noites. Ele, porém, estava a quilômetros de distância e não sabia como dizer a seu filho que ele tinha um pai com quem podia contar. Como fazer uma criança de quatro anos entender isso se ele não estava lá na hora do banho, das refeições e da bagunça no quintal?

Levá-lo consigo não era a solução.

"A infância é o tempo de estabelecer vínculos, fortalecer o coração, a coluna vertebral e os músculos. O amor fortalece o coração, nos tornando sociáveis. Ouvimos passos no quintal e pensamos que é um amigo chegando para brincar. Se os passos são no corredor, imaginamos a mãe trazendo um lanche. Não há monstros embaixo da cama quando temos fé nas pessoas e acreditamos saber o que esperar delas."

Envolvido em suas reflexões, desequilibrou a caixa em que armazenava papéis e um envelope escorregou de uma pasta, revelando o pedaço de uma fotografia. Era André aos três anos, deitado na grama, próximo aos arbustos do quintal. Ele se lembrava daquele episódio narrado pelo pequeno durante o jantar. Podia perceber o orgulho do filho ao contar como protegera a Bolinha. Sentia-se bem por ter decidido jantar com a família naquela noite. Tudo que ele tinha, naquele momento, era meia hora. Colocou a foto e o envelope sobre a mesa e voltou ao trabalho de arrumação.

"Segurança e amor. É disso que uma criança precisa. A solidão e o medo se instalam quando a infância não ensina essas lições." Viajando pelo mundo e convivendo com situações tão diferentes, não podia deixar de ver a realidade de tantas famílias peregrinando com seus filhos mundo afora. A cada dois ou três anos uma nova casa, novos amigos, costumes e idiomas. As crianças sofrem, as mães não podem fazer planos. Entretanto, eles jantam juntos.

Pesando vantagens e dificuldades, a constância com que cercara o filho sobressaía na balança. "Não, por enquanto, Curitiba é o melhor lugar para ele", sentenciou.

"No futuro, quando tiver maior autonomia, quero lhe apresentar o mundo. Antes de embarcar para Sydney, vou conversar com Elizabeth. Precisamos prepará-lo."

***

Após sua estreia no parque, Elizabeth foi se aproximando dos vizinhos. Não era dada a festas e visitas. Seus contatos eram nas vias de acesso do condomínio ou nos passeios pelo parque.

Por seus filhos terem a mesma idade, Elizabeth e a mãe de Estela se aproximaram. Companheiras, frequentavam o parque nos mesmos horários e dividiam suas preocupações em relação aos filhos, às vezes, revezando-se no cuidado com as crianças. Sem saber, André continuava a presentear sua mãe.

Em outubro de 1996, após o encerramento das paralimpíadas de Atlanta, Mário havia conquistado um final de semana no Brasil. Os dias já estavam quentes, o verão brasileiro se aproximava. Como sempre fazia, a família da pequena Estela passaria o final de semana em seu apartamento na praia. Elizabeth tinha participado desse passeio algumas vezes. Já Mário, não conhecia o balneário de Matinhos, nem a praia de Caiobá. Decidiram então descer a serra todos juntos. Instalaram-se no edifício há poucos metros da areia e tudo ia bem até ouvirem a voz de André:

— Como você pode querer que eu volte? Olhe pra você, olhe pra mim.

“O que é que tem?”

— Você assim, eu desse jeito...

“Desse jeito como? Molhado?” Falava enquanto entrava no mar até estar completamente molhada. “Descabelado?” Ela dizia e mexia nos cabelos com as mãos.

Estarrecidos, Mário e Elizabeth assistiam à cena a uma pequena distância, enquanto André olhava meio incrédulo, meio risonho, as atitudes de Estela.

Aquela garota na água sob o sol era sua parceira de todas as horas. E agora, em meio àquelas meninices, a cumplicidade que havia entre eles vinha à tona. Como não rir da situação, das suas próprias reclamações, perante a agitação da amiga?

Estela esparramava água por todos os lados. Girava o corpo e os braços debatendo-se, até se jogar sentada sobre os joelhos, bem próximo a ele:

"E agora? Qual a diferença?" Chacoalhou a cabeça por um tempo, espirrando água no rosto dele. Então parou e o encarou: "Eu quero brincar, você não quer?" Disse delicadamente.

Protegendo os olhos da água, André sorriu.

"Quem vai brincar comigo se eu te deixar aqui? Eu não vou deixar você se afogar de novo. Eu te empresto minha boia." Parou por um instante e então, num tom zombeteiro, completou: "Só que ela é cor-de-rosa."

— Cor-de-ro-sa?

"Tio, ele não quer usar minha boia. Não é verdade que homem também usa rosa, tio Mário?" Estela perguntou, enquanto Mário, agora ao lado das crianças, abaixava-se com a boia de Estela nas mãos.

Colocando o filho no colo para ajeitar a boia ao redor de seu corpo, falou:

"Venha André, todo mundo pode cair. Não precisa de curativo? Levante-se e siga em frente pra não perder a festa. Já te contei da história de Atlanta?

— Do homem que tremia, mas não desistia?

"Isso mesmo. Se não tem boia azul, vai de rosa. Me ajude aqui, rapaz. Vocês estão de muito papo e pouca água. Vamos para o mar."

“Oba! Tio Mário vai com a gente, tio Mário vai com a gente...”

Ajeitada a boia, Mário levantou-se com André no colo, estendendo a mão direita para Estela que, saltitante, voltava para a água.

Mário olhou para a mão da menina com o anel no dedo anular. Ele fora retirado do pacote de algodão-doce que as crianças ganharam ao chegarem à praia.

Tudo aquilo aconteceu numa fração de segundos. Estavam brincando a alguns passos dos adultos, quando André começou a gritar e a tossir. As vozes das crianças rebombavam em sua cabeça — a garotinha pedindo desculpas a André por ter arranhado seu nariz com o anel ao pular uma onda — “foi sem querer, eu juro!” Seu filho perdendo o equilíbrio com o susto, se soltando da boia, debatendo-se na água salgada antes de conseguir se sentar na areia.

“Calma, vai passar...” Dizia Estela.

“É verdade, Estelinha. Vai passar...” Mário pensou. “Amanhã mesmo, vamos matriculá-lo na natação.”

Vozes curitibanas

Amparado pelo cinto de segurança, André olhava para aquele mundo novo com atenção. Em silêncio, observava cada detalhe. Elizabeth estacionou o carro, desceu, deu a volta por trás do veículo e abriu a porta de André. Soltou o cinto de segurança, encaixou a mochila com figuras do *Pokémon* em seu braço direito e colocou o filho no chão. Estendendo-lhe a mão perguntou:

"Que tal?"

— Legal. Ele sussurrou.

Na entrada do grande corredor que ligava o estacionamento aos prédios em que os alunos estudavam, os coordenadores davam as boas-vindas aos alunos que retornavam chamando-os pelo nome, e acolhiam os novatos com sorrisos e palavras.

Timidamente, André pegou na mão de um dos coordenadores e seguiu em meio a pessoas, muitas conversas, *playgrounds* que se sucediam. Seria tão bom se estudasse com Estela, mas preferiram aproximá-lo da rotina do pai. Pararam em frente a uma porta aberta em que se lia: "*Kindergarten* A":

"Chegamos."

"Olá, André, sou a Professora. Seja bem-vindo! Venha, sente-se aqui."

As mesas eram dispostas em vários círculos: pequenas ilhas de trabalho agrupando seis alunos em cada unidade. Elizabeth entregou a mochila à Professora enquanto André sentava-se na cadeira indicada.

Junto ao filho, havia três meninas e dois meninos: uma brasileira, uma chinesa, uma filipina e dois garotos franceses. "Que bom", Elizabeth pensou. "Sendo tão diferentes, aprenderão juntos a linguagem que os aproximará", disse a si mesma. Abaixou-se e segurando o rosto de seu filho entre as mãos disse baixinho: "Vai dar tudo certo."

O garoto sussurrou: — Eu sei.

Sorriu e partiu.

***

Às vezes, Elizabeth tinha a sensação de viver uma "vida de ioiô". A cada vez que abraçava as circunstâncias como se apresentavam, tudo mudava, deixando-a com a sensação de viver numa página em branco. Naquele dia, ela voltou da escola assim. Entrou no quarto do filho quase escorregando em seus brinquedos. O quarto estava repleto de *Pokémons*, lançadores de *beyblades* e algumas *poke*-bolas. A janela aberta naquele início de setembro deixava o ambiente gelado. Mas, com tantos brinquedos e umidade, como não arejar o espaço? Encolheu-se num canto da cama cruzando os braços para manter o casaco fechado.

Não era só isso. Ser mãe a tinha tirado do mundo e levado ao supermercado. Ao invés de folhear jornais, passou a ler revistas sobre filhos, educação e culinária. No lugar de seus sapatos de salto alto, colocou botas e sapatilhas confortáveis para melhor carregar os dias.

Nada disso era exatamente um sacrifício. Ela sabia: mãe e filho estavam cingindo suas vidas como só a convivência pode fazer. De sua meninice jamais tinha esquecido do sabor dos bolos de laranja e das maravilhosas seções de batatas fritas com que sua mãe alinhavava os momentos.

Levantou-se e se recostou no beiral da janela, deixando-se envolver pelo passado. O parque tinha desenvolvido o poder de despertar sua alma. Tomando sua mente, retirava lembranças e as desfiava como numa conversa em que amigas dividem segredos.

Ela era menina na década de 1970 numa cidade em que o dia começava com uma brisa suave arrepiando os pelos do seu rosto. Ela se virava, enroscando-se nos lençóis mais uma vez. Devagar ia abrindo os olhos, esfregando-os. Então se levantava e corria para a cozinha arrastando chinelos, cabelos desalinhados e sorriso armado.

Mas as noites de Curitiba não permitiam que se dormisse com janelas abertas e as cortinas pesadas, no inverno, ajudavam a manter os ambientes aconchegantes. Elizabeth fechou a janela, empurrou os brinquedos para um canto e se sentou na cama abraçada ao travesseiro do filho. Em silêncio se questionou: "seria aquela a melhor alternativa?"

Aos cinco anos, André encarava uma jornada de sete horas na escola. A grade escolar era completa, entremeando aulas de alfabetização com artes, música e atividades físicas, mas não seria cedo demais para enquadrar seu filho?

De manhã, ele se levantava cansado. Seu bom humor matinal desaparecera por completo. Apenas quando o pai estava em casa, ele voltava a ser o garotinho sapeca que acordava a casa toda. Já descia para o café da manhã vestido para a escola, a realidade atada a seus pés.

No jantar, André estava sempre faminto. "Será que não está se alimentando bem no almoço? Não quer mais comer cenoura, nem berinjela. Ele adorava!" Se ela o obrigava a seguir o cardápio que estava à mesa, demorava séculos para mastigar cada colherada. "O que fazer?"

Ao piscar se deu conta das fotos presas por imãs sobre a pequena escrivaninha à sua frente. Envolvida em seus pensamentos, não enxergara as imagens perfiladas numa espécie de linha do tempo. Ela sorriu. "Meu garotinho...

Tudo em você ressoa a delícia de ser criança. Quando eu te abraço para lermos um livro na cama, é como segurar um broto." Caminhou até as fotos e se ateve a uma em que André, cercado pelos avós, fazia careta. "Um galho crescendo em nossos braços, frágil e maleável, um broto."

Elizabeth lia para André sobre outros Andrés com nomes de Zezé, Davi, Magali. Quando ele não estava, ela lia outras coisas. Livros sobre possibilidades. Histórias que ainda não tinham sido escritas e permaneciam latentes como frutas suspensas, oportunidades para que a Sofia, o Klaus e o André saboreassem as narrativas por eles mesmos e escrevessem seus próprios capítulos. Às vezes, ele se interessava por um desses livros e queria saber mais. Elizabeth não o deixava sem respostas: transformava textos de filosofia, religião e mitologia em histórias de ninar. Assim, mãe e filho encontravam soluções para as situações que o dia a dia trazia.

Olhando para André, Elizabeth via uma criança linda, inteligente e feliz. Isso fazia com que tudo mais desaparecesse. Ela tinha certeza que jamais um projeto a fizera tão feliz. "A emoção de ajudar alguém a se tornar um ser humano com amor é algo mágico."

Ao constatar como esse ingrediente, o amor, estava presente nas relações que André estabelecia com o mundo, a sensação de estar fazendo a coisa certa se fortalecia dentro dela. Sob qualquer pretexto, os avós iam a Curitiba. Uma avó fazia um bolo, a outra o balançava. Um avô comprava balas, outro contava histórias. Quando iam ao Rio, André descobria, pelas suas mãos, as delícias da vizinhança, as pequenas malandragens da orla.

Entre idas e vindas, aprendiam que os fatos seguem uma linha. Ora ela se estende em novidades, ora se retrai em dificuldades. Esticando-se ou se recolhendo numa vida de elástico, como um ioiô em que cada gesto, cada palavra pode alterar o caminho, às vezes é preciso recuar para poder avançar novamente.

"Está tudo bem, Elizabeth. Às vezes, a resposta é não. De que importa se as cortinas da janela do quarto dele não esvoaçam, se ele não tem tempo para usar chinelos de manhã, e só pode se servir do que quiser depois de digerir as circunstâncias que o destino colocou em seu prato? Afinal, é assim que o mundo ensina o prazer de ser e de fazer."

***

— Mãe, eu não quero ir.

"Por quê?"

— Eu não entendo o que eles falam. Não posso falar em português. É muito chato.

"Você é inteligente, logo vai entender. Você não quer ser como seu pai e sua mãe?"

— Vocês falam português.

"E inglês, um pouco de outros idiomas também. Aprender é ótimo, filho, você vai ver."

Todos os dias, o diálogo se repetia. Elizabeth encorajava André de todas as maneiras, pois Mário e ela queriam ver o filho crescer num mundo de muitas possibilidades em que tudo soasse natural.

Mas André era determinado. Ele gostava de se expressar e ser alfabetizado em inglês significava calar-se. Como não convencia sua mãe a trocá-lo de escola, agarrava-se às menores oportunidades e desafiava o poder a que estava submetido:

— Não precisa descer, mãe. Eu vou sozinho. Ele dizia ao chegar à escola.

No caminho para a sala, aproximava-se das pessoas e dizia:

— Oi, meu nome é André. Sabia que eu odeio essa escola? Só estou aqui porque a minha mãe me obriga. Mas eu não gosto.

Se respondiam, ele debatia a questão com toda a argumentação que seus cinco anos lhe permitiam. Caso não houvesse resposta, se aproximava de outros e recomeçava:

— Oi, o meu nome é André...

Em sala de aula, não era diferente. Como não entendia o que a Professora dizia, dava-lhe as costas. Outras vezes, derrubava a borracha tantas vezes, que os alunos a seu redor acabavam por desviar a atenção para os gestos do colega.

A Professora intervinha:

"André, venha me ajudar. Vocês podem continuar a tarefa."

— Eu já te disse que eu odeio essa escola?

"Já, André. Vamos fazer o desenho que eu pedi."

— Aqui é muito chato. Só estou aqui porque a minha mãe me obriga.

“E aqui em sala sou eu quem manda. Vamos desenhar.”

— Eu já te disse que eu odeio essa escola?

“Agora o caule.”

— Já te disse isso hoje?

“Vamos fazer as folhas. Onde está seu lápis verde?”

Com o passar dos dias, André foi se tornando conhecido no colégio. Ao descer do carro, era saudado pelas pessoas que lhe perguntavam:

“Oi, André, como vai a escola?”

— Chata... Ele resmungava.

***

“Fala sério, André. Você está com medo.”

— Não estou, não.

“Está sim.”

— Você já caiu?

“Ih, um montão de vezes assim” – mexendo as mãos.

— Se eu cair, você me ajuda?

“Você vai cair.”

— Não vou, não. Só perguntei se por acaso...

“Meu pai me disse que ele caía, eu caí, você também vai cair. E eu vou te ajudar.”

— Tá, eu vou tirar as rodinhas.

“Eu seguro, você embala, eu solto.”

Estela o ajudou a posicionar as pernas e se preparou para impulsioná-lo.

— Espera um pouco, eu estou quase. Vai, solta. Ooooooo...

Cambaleando, foi direto para o arbusto à esquerda estatelando-se no gramado. Enroscado na bicicleta, não conseguia se mover.

Estela não parava de rir. Por mais que tentasse se controlar, não conseguia.

— Para de rir e me ajuda!

Ela se aproximou, desfez o "nó" entre bicicleta e menino, e percebeu:

"Seu joelho está ralado, vou chamar sua mãe. Tiaaaa...!"

"Você foi muito rápido!"

— Você foi uma molenga.

"Molenga, não. Olha aqui, olha: não é meu joelho que está sangrando."

— Ah, é assim? Você vai ver, vou pedalar muito melhor que você.

"Quero só ver."

***

No final do verão de 1997, André conhecia todas as ruas do condomínio. Corria por toda parte, agarrado à bicicleta que havia ganhado no Natal acelerando mais e mais. Perdia-se no vento para, arfando, experimentar o sabor da liberdade. Os pedais eram seu passaporte para a euforia que se expandia em seu peito exalando um prenúncio do futuro. O barulho das correias impulsionando as rodas o fazia se lembrar de seus atiradores de *beyblade* e se sentir como um deles. Gigante ou menino, não fazia diferença: André estava aprendendo a voar.

***

Enquanto André ia para escola e Mário para a Austrália, Elizabeth desvendava Curitiba. Todas as semanas ela passeava pela 'Rua das Flores'. Às vezes subia num 'expresso', seguia até o ponto final e então retornava ao ponto de partida.

"Por que os curitibanos gostam de 'apelidar' as coisas?" Chamam de 'Rua das Flores' o calçadão da Rua XV de Novembro e de 'expresso' os ônibus que circulam nas canaletas exclusivas. "Ônibus, só ônibus, por que não?" E a mania não parava por aí.

Era como se houvesse um código restrito aos curitibanos que se apresentavam com nome e sobrenome. Se você fosse localizado na árvore genealógica da cidade, era reconhecido como um dos seus e todas as portas se abriam. Mas Elizabeth era da Urca. Os pais de Mário eram cariocas e seus avós nordestinos. Ela não tinha a menor chance. Se quisesse desvendar a cidade, teria que percorrê-la e descobrir, por si mesma, suas nuances.

Numa dessas andanças, entre as prateleiras da Livraria do calçadão, ela encontrou uma seção em que se lia: 'Autores Paranaenses'. E foi ali que ela começou a destrinchar o estilo de ser e viver daquela capital. Entre tantos nomes, um era especialmente lembrado naquele ano de 1997: Paulo Leminski, morto há exatos oito anos.

Seu 'Catatau' fez Elizabeth pensar: "Esse texto é denso como meus vizinhos." Ela achava graça no raciocínio mirabolante do autor que, durante uma aula de história, imaginou Descartes desembarcando em Pernambuco com o príncipe Maurício de Nassau: "O que teria acontecido se o filósofo do século XVII tivesse integrado a comitiva da Companhia das Índias, e participado da tentativa de colonização holandesa do Brasil?"

E o título? Por que 'Catatau'? Uma das justificativas que ela encontrou para essa escolha foi a ideia do autor de escrever um 'romance-ideia'. Elizabeth achou a ideia chique, muito apropriada a um autêntico curitibano. Partindo de suas pesquisas, Leminski produzira um texto tão grandioso quanto o 'Grande Sertão Veredas' de Guimarães Rosa ou 'Finnegans Wake' de James Joyce, e isso merecia respeito. Para tal, vivera com calhamaços de papéis para lá e para cá durante os oito anos em que se dedicou à obra. Daí o nome 'Catatau'.

Ela viajava em suas especulações e indagações, acontecendo de algumas vezes se emocionar ao pensar em 'procuras' e 'memórias' da maneira como Leminski as expunha. Nas letras de seus textos, Elizabeth não enxergava nostalgias ou limites, ela descobria o mundo: personagens e sensações universais, não raro atemporais. Como se em sua vida curta, o escritor tivesse atingido o entendimento que excedia seu povo, seu país, de tal forma que só pudesse apresentá-lo a um público do tamanho do mundo. Assim ele fez, sem amarras.

Lendo outros trechos, envolvia-se tanto na narrativa que a culpa a incomodava. Como se estivessem leitora e autor gozando de uma intimidade de ideias em páginas que se sucediam. Como se de alguma maneira adentrassem em uma lacuna que a distância física do marido deixava latente. Daí surgiu sua necessidade de introduzir Mário no seu relacionamento de leitora. Ela resolveu a questão presenteando-o com um exemplar de 'Metamorfose, uma viagem pelo imaginário grego' escrito pelo poeta. Na dedicatória, ela escreveu: "Para você aterrissar na Grécia com olhos de Curitiba". Em 1998, começariam os preparativos para as olimpíadas de Atenas a se realizar em 2004.

Os livros de Leminski a levaram a enxergar aquele povo com admiração. "Afinal, como revelar nossas profundezas a um visitante que não sabe de nada?" O assunto era sério. E Leminski o fazia fluído.

As letras eram como a água com que buscava saciar sua família da própria necessidade de respostas. Nem André escapou do polaco: ganhou um exemplar de 'Guerra dentro da Gente'.

Todas as noites, Elizabeth deitava-se ao lado do filho para lerem um trecho da fábula de 'Baita', um menino que queria aprender a arte da guerra. No início, eram tantas as perguntas de André que ela pensou em desistir da leitura:

"Que nome esquisito, por que o menino se chama Baita? Por que ele obedeceu? Pra que aprender a guerra?"

Então, Baita contou a André como usar o medo dos tigres e a segurança dos elefantes. Ele se dobrou e virou a página.

Ler para André não era uma atividade passiva, em que a mãe lia e o filho ouvia. Alimentar animais era um estopim para longas discussões sobre trabalho e necessidades. Quando Baita conquistou os cães, André quis saber como ele tinha chegado à conclusão que os cachorros gostavam de fazer amigos.

Entre fábulas e muitas palavras, sua imaginação ganhava contra-argumentos e solidificava-se em alternativas. Assim como os gatos no caminho do personagem, André juntava seu próprio arsenal e alicerçava sua maneira de ser e agir. Pelos traçados de Leminski, o pequeno André tomava posse de sua individualidade. Quando a mãe fechou o livro após ler o surpreendente final, André pensou, pensou e então disse:

"Agora eu sei por que o nome dele é Baita".

Elizabeth deu boa noite ao filho, apagou a luz do quarto e voltou para sala. As escolhas de Baita fecharam um ciclo na mente do seu menino. Dali para frente, Elizabeth tinha certeza, seu filho não desviaria de seu caminho para apanhar chinelos de quem quer que fosse. A admiração pela obra do autor seguiria em seu coração. Agora sem a obsessão que 'Catatau' havia despertado. A ressaca literária começava a passar.

Na manhã seguinte, o Jornal noticiou o lançamento da obra 'Quem tem medo de vampiro?' de Dalton Trevisan. A alcunha 'o eterno vampiro de Curitiba' com que os jornalistas se referiam ao autor atiçou a curiosidade de Elizabeth.

Ela passou a ler seus contos, frequentar trechos da cidade buscando as ruas descritas nos textos. Agora, ela mirava prédios antigos, alguns em ruínas, outros com tradicionais lojas de tecidos e armarinhos apinhadas de pessoas. Ela olhava ao redor e ficava imaginando onde o escritor havia se sentado para observar seus personagens. Talvez ele não estivesse sentado. Talvez estivesse sempre em movimento, andando pra lá e pra cá, da 'Boca Maldita' ao Passeio Público, da Reitora à Praça Tiradentes.

Definitivamente, ela gostava de elaborar suas próprias teorias. Sobre Dalton Trevisan, concluiu que seu movimento era seu observatório. Dali vinha sua maestria ao captar o assunto 'de passagem', desenvolvê-lo sem interferência dos fatos ou preocupações de coerência com o que se passava. Seu compromisso era com o silêncio, com o que borbulhava em sua mente após passar e seguir seu caminho. "Ele pode estar aqui, agora, observando minha busca, sem que eu perceba e interfira no resultado. O que ele precisa saber, ele já sabe sem que eu saiba." Os textos de Dalton tinham essa magia, esse poder de modificar a forma como Elizabeth olhava a cidade.

Não foi a feira dominical de artesanatos que fez Elizabeth se encantar com o Largo da Ordem. Foram as histórias de tropeiros e cavalos que, ao transformar Curitiba quase num desvio de rota, impregnaram sua mente. Elizabeth fechou o livro de contos com veemência e se perguntou: "Por que os viajantes que paravam na cidade vizinha de Ponta Grossa para abastecer optavam por passar em Curitiba? Mais especificamente pelas casas de ferragens ao redor da igreja, onde davam de beber a seus cavalos no bebedouro do século XVIII?" Os textos de Dalton a inquietavam como se insinuassem verdades encobertas.

"Um desvio de rota: talvez essa seja mais uma vocação dessa cidade. Seria essa a força que me atraiu para longe do Rio, para criar meu filho como um curitibano, como um galho sem espaço na árvore genealógica da cidade? Por que fizemos de Curitiba uma rota obrigatória nas viagens de Mário? Ele está sempre tão cansado... E eu estou sempre tão sozinha...". Colocou o livro sobre a mesa, calçou seus tênis, levantou-se e saiu. Ela precisava caminhar.

Os transeuntes se revelavam sob as lentes de Dalton. A cada dia, Elizabeth deixava-se envolver mais e mais pela sua maneira de descrever aquela gente que gostava do frio e dos dias cinzentos. Elas percorriam os parques sem se intimidar com o clima e certa escuridão, sozinhas. "Individualidades", concluiu. "Eles são o que escolheram ser. Vidas caladas, olhares disfarçados, boa mesa e reflexões."

Foram meses de mansidão. Sem que Elizabeth percebesse, os personagens da Rua Riachuelo foram ficando para trás. Ela parou de se perguntar se o anão que chamava clientes em frente ao Paço da Liberdade era o mesmo que havia inspirado o contista. Voltou a caminhar pela 'Rua das Flores' olhando vitrines, entre homens de terno e jovens com fones de ouvido.

As almas descritas por Dalton Trevisan habitavam aqueles corpos, passeavam por aquelas vidas, chocavam-se entre si. Havia algo mais naqueles esbarrões, além da malandragem dos grandes centros urbanos. Ali, Elizabeth vislumbrou o ser humano que existe em cada nativo arredio. Sem fronteiras, apenas endereço, ela captou a melodia secreta de sua frequência cardíaca. Sim, eles pulsavam em desejos e prazeres 'trancados no porão', diria Trevisan.

Numa tarde nublada sentada em sua escrivaninha, colocou o livro de lado, assoou o nariz mais uma vez, ligou o computador e esperou para enviar um e-mail:

"Mário, reproduzo abaixo o texto que acabo de ler: 'As loucuras do Minotauro' de Dalton Trevisan. Se você estivesse aqui, eu poderia perfumar o papel, ou quem sabe, procurar pela edição da revista Playboy de 1982 em que foi publicado. Mas a Austrália está tão longe, e eu estou me despedindo do Dalton. Não quero guardá-lo para mais tarde, correr o risco de inaugurar meu próprio porão de insanidades. Quero virar a página, pois já estou desenvolvendo uma risadinha no canto da boca, seguida de um baixar de olhos, como fazem os curitibanos. Essa é a faceta que a Curitiba do vampiro imprimiu em mim. Segure a minha mão, entrelace nossos dedos. E ao final, quando terminar de ler, sinta-se beijado."

Teclou 'enviar'.

Curitiba 1998

Num dia qualquer de 1998, na aula de matemática, a Professora distribuiu as folhas de atividades, orientou os alunos a fazerem os exercícios sozinhos e se encaminhou para o fundo da sala. Enquanto observava os alunos concentrados, esfregou o queixo, intrigada: André estava arrancando a joelheira de seu agasalho com a ponta do lápis. Pensativa, aguardou por um instante antes de se dirigir a ele e sussurrar:

"Vamos fazer o teste?"

Ele colocou as mãos ao lado dos lábios e respondeu baixinho: — Eu já fiz.

Ela lançou os olhos sobre a folha constatando que ele dizia a verdade: estava tudo pronto. Ela olhou para ele sem saber o que dizer. Eram exercícios simples dispostos em três colunas na folha A4. André estava no meio da sala de vinte alunos. Ela havia entregado as folhas, caminhado até o fundo da sala e então percebera a distração do aluno. Após entregar a folha para André, não se passaram mais que poucos minutos. Como era possível?

Com um gesto de cabeça, chamou sua assistente e pediu que ela corrigisse o trabalho do garoto. Em alguns minutos a assistente voltou e informou: André tinha acertado tudo.

Eram exercícios repetitivos que, por serem realizados no primeiro período após o almoço, exigiam a atenção de alunos sonolentos. Encontrar o raciocínio correto e repeti-lo a cada questão, naquela idade e circunstâncias, era um desafio necessário para despertar nos alunos certa inteligência intuitiva. E André foi brilhante.

Não foi preciso esperar muito tempo para que a situação se repetisse. Dessa vez, a Professora estava preparada:

"André, por que não está fazendo suas atividades?"

— Já fiz tudo.

"Deixe-me ver. É verdade, você já terminou. Que tal um desafio, você topa?"

— Agora?

"Já! Vou buscar sua próxima atividade."

Sem vacilar, André lançou-se sobre aquela folha sem perceber que os demais alunos o observavam com interesse. Habilidosa, a Professora disse:

"Alguém mais terminou? Se finalizarem quinze minutos antes poderão fazer o desafio." Foi o bastante para que todos se motivassem a voltar ao trabalho.

Após aquela atividade, os alunos seguiram para a sala de música onde uma fornada de *cookies*, especialidade da professora de canto, aguardava por eles.

Ao recolher seu material preparando-se para fechar a sala, a Professora viu a borracha de André sob a mesa. Sorrindo para si mesma, abaixou-se para guardá-la e se lembrou do brilho de motivação que vira nos olhos de seu aluno há pouco. Ela assistiu a uma breve retrospectiva das dificuldades enfrentadas dia após dia. Desde que havia chegado àquele estabelecimento, André exigia das pessoas envolvidas com sua educação muita inteligência e determinação. Quantos bilhetes levou para casa? Quantas vezes foi chamado pela direção devido às confusões em que se metia? A Professora emocionou-se com as cenas, enquanto uma sensação de alegria quente e cansada envolvia a trajetória que ela ajudava a escrever. Apesar de afirmar que odiava aquela escola, André dobrava-se às orientações. Ela suspirou e pensou: “Como não valer a pena?” Apagou a luz, trancou a porta e seguiu.

***

O alarme avisou Elizabeth que estava na hora de buscar o filho na escola.

Antes de sair, passou pela cozinha e preparou um sanduíche quente para ele comer no carro. Era dia de natação.

Em poucos minutos entrava no estacionamento da Escola. Ela gostava de ver o movimento da meninada. Por mais que dormisse e andasse por Curitiba, saber que seu filho convivia com crianças vindas dos mais diversos países lhe dava a sensação de continuar conectada à realidade que as olimpíadas lhe apresentaram. Era como se em seu peito ela soubesse que, como os tropeiros de Ponta Grossa, a qualquer momento estariam novamente de partida.

As crianças começaram a sair. Umas vinham correndo, outras parando para conversar, todas em direção à área de embarque. Com seus rostinhos tão iguais e tão diferentes eram como as crianças de Los Angeles, Seul, Johannesburgo, Barcelona. Personagens universais.

Aquela não era a visão de muitos com quem convivia, ela sabia. Muita gente acha que as pessoas são diferentes, querem outras coisas. Ela discordava. Todos querem ser felizes. Se para isso precisam de uma casa maior ou uma bicicleta, em sua opinião, era uma questão menor. Raça, crença e cultura, não importa. Todos querem se libertar de suas dores. Superá-las, deixá-las para trás e viver. Viver, viver, viver. "Por isso é preciso aprender a correr. Correr mais rápido que os acontecimentos para mudar o próximo fato antes que ele nos alcance", ela pensava.

— Oi, mãe. O que você trouxe hoje?

"Sanduíche de queijo e tomate quentinho. Coloque o cinto de segurança antes de lanchar."

Em instantes estava novamente passando pelo parque. Ele fazia parte de seus trajetos, de suas preocupações, de suas horas de lazer. Era como se fizesse parte da sua casa e seus visitantes fossem colegas, conhecidos de seu filho, vizinhos com quem às vezes se encontrava.

Naquela segunda-feira, percorrer aquele trajeto a instigava a entender melhor o que percebera no dia anterior. Apesar de suas convicções, as crianças do condomínio e as que frequentavam o parque aos domingos pareciam separadas por uma ponte que a princípio ela não conseguiu descrever. Não houve um fato que a alertasse sobre isso, apenas olhares. A forma como se olhavam. Uma liberdade que parecia cerceada na presença do outro. Mas por quê? Ali, em meio ao gramado, as crianças se ocupavam de bolas, skates e bicicletas.

Como em Seul, Elizabeth observou as atitudes das famílias ao longo das horas nos dias da semana. Passeando com André e Estela, caminhando, outras tantas vezes das janelas de sua casa. Não havia regras estabelecidas, eram simplesmente constatações. A disponibilidade de horários de cada grupo dizia um pouco do resto de seus dias. Após um tempo, ela conseguiu detectar em qual lado do parque cada qual morava. E se surpreendeu por demorar tanto para constatar qual era o elemento que iluminava a ponte e as tornava um único grupo. Bastava uma bola para que as crianças se alinhassem perseguindo o mesmo, exatamente o mesmo objetivo: vencer.

Era isso. Ela estava certa desde o início. Quando pensava sobre o que uma bola pode fazer, ela compreendia porque acreditava na igualdade em meio a tantas diferenças.

André preferia pedais. Dificilmente participava das brincadeiras de bola. E se entre aquelas crianças que só apareciam nos finais de semana houvesse outras crianças como ele? E se elas preferissem observar o movimento dos ciclistas a participar das competições no campinho? Por que observavam ao invés de pedalar? Será que as outras mães eram temerosas como ela ou não podiam dar bicicletas para seus filhos? "Não é simples julgar a realidade das pessoas, pois no fundo sabemos dela o que conseguimos enxergar. Entre o que vemos e o que não sabemos, está a realidade."

Aos domingos, o grupo era maior. Aos sábados, um pouco menor. De segunda a sexta se reduzia consideravelmente. De certa forma, essa ausência a incomodava e, a princípio, ela não sabia o que fazer.

Ao assistir às crianças vibrarem com as partidas de futebol e às façanhas dos ciclistas mirins, uma ideia começou a tomar forma em sua mente. Uma verdade imperava absoluta em todos os lugares em que tinha trabalhado para o COI: o poder do esporte.

Em quaisquer circunstâncias, o esporte pode ser a ponte que leva os jovens a um destino de dignidade e bem-estar. Lembrou-se de sua visita à Johanesburgo, onde um homem 'capitão de sua alma' ultrapassou a realidade unindo brancos e negros na campanha para vencer a Copa do Mundo de *Rugby* de 1995. Havia tantos casos. Em meio à diversidade, pessoas determinadas constroem a ponte e viabilizam um futuro para milhares que virão depois, por acreditarem no que parece impossível. Por tudo que vivera, ela respeitava o poder de transformação da prática esportiva.

"Como levar essas crianças a praticarem esportes?" Seu coração acelerou. Uma onda de adrenalina espalhou-se, deixando-a toda arrepiada. "É isso!" Curitiba lhe dera um lar e uma renite que não passava nunca. Estava na hora de retribuir. "Vou falar com Mário, ele vai saber por onde devo começar."

***

"E então, garoto? Como vão as coisas?" Perguntou doutor Eureka enquanto o examinava.

— Vão bem.

"Conte-me mais, como vai aquela escola chata que sua mãe te obriga a ir?"

— Ah, ela nem está tão chata assim. Estamos fazendo composições.

"Não me diga. Como são essas composições?"

— Fazemos uma lista de ideias, depois um rascunho. Daí, escrevemos o texto final.

"Você pode escrever sobre o que quiser?"

— Posso.

"Não vista suas roupas ainda, quero pesá-lo. Sobre o que você está escrevendo?"

— O brócolis que queria ser árvore.

Doutor Eureka quase engasgou ao segurar a risada genuína que aflorou em seus lábios. Deu uma olhadela para Elizabeth e se dirigiu a André:

"De onde veio essa ideia, rapaz?"

— A minha mãe me obriga a comer brócolis toda semana, doutor. Encarou a mãe, respirou e continuou: — Eu odeio brócolis e adoro árvores. Já pensou que beleza se não existissem mais brócolis? Se todos se transformassem em árvores?

"Pode se vestir e se sentar. Interessante. Só não entendi uma coisa: como você operou essa transformação?"

— Bom, um garotinho triste pediu ajuda para as árvores, mas elas não sabiam o que fazer. Então seu amigo cachorro sugeriu que ele falasse com a Professora, pois ela sabia mais coisas que qualquer outra pessoa. Ela preparou uma substância mágica misturando sementes e umas folhas, colocou sobre os brócolis e pronto: durante a noite, eles se transformaram numa grande árvore no pátio do colégio.

Uma gargalhada profunda e sonora tomou conta do consultório. Doutor Eureka, sentado em sua cadeira, deixou a cabeça pender para trás enquanto apoiava as mãos sobre a barriga, rindo da história de André até chegar às lágrimas.

Confuso, André encontrou no sorriso da mãe a certeza de que sua história era um sucesso.

Quando voltou a si, doutor Eureka enxugou as lágrimas, curvou-se sobre a mesa e parabenizou André pela composição:

"Isso é coisa de cientista, garoto. Quem sabe quando você crescer possa vir montar robôs comigo?"

— Doutor, eu posso te fazer uma pergunta?

"Claro, o que você quer saber?"

— Por que todos te chamam de Eureka?

***

Os anos que se seguiram foram difíceis. A Austrália não era os Estados Unidos. Com a indicação da cidade de Sydney na Austrália como sede dos jogos do ano 2000, a quantidade de horas de viagem de Mário deu um salto. Não havia voos diretos do Brasil para a Austrália. O melhor trajeto era embarcar num voo para Buenos Aires na Argentina, e de lá enfrentar dezenove horas em uma aeronave até pousar em Sydney. Ao final a viagem totalizava quase trinta horas. Mário vivia exausto.

Para complicar um pouco mais, a diferença de fuso horário entre Brasília e Sydney é de treze horas. Como Curitiba adota o horário de Brasília, qualquer conversa com a família pela internet exigia certo planejamento. Enquanto em uma cidade eram oito horas da manhã, na outra já eram vinte e uma horas.

Para facilitar as coisas, André teve uma ideia. Com a ajuda da mãe, desenhou um grande relógio em uma cartolina. Em cada ponto, anotou o horário de Curitiba em verde, e o horário de Sydney em laranja. Em seguida, o fixaram na parede próximo ao computador que usavam para conversar com Mário.

"Muito bem, filho! A melhor maneira de acabar com um problema é olhar bem para ele e transformá-lo em pequenas partes." Mário disse, quando soube da novidade.

— Pai, o relógio é bem grande...

"O relógio é grande, mas cada horário tem uma solução. Você conseguiu transformar cada hora numa pergunta verde com uma resposta laranja." Mário estava realmente satisfeito.

Orgulhosamente, André sorriu e respondeu:

— Isso mesmo.

Essas situações estavam se tornando corriqueiras. Aos oito anos, André era uma criança brilhante. Bem-humorado e atento, costumava surpreender as pessoas com perguntas e conclusões inesperadas. Participava do grupo de teatro, tocava flauta e fazia apresentações solo. Num bate-papo com o vizinho Eureka, surgiu a questão:

"Quando você vai testar seu conhecimento de inglês?"

— Eu faço testes todas as semanas.

"Isso não vale, estou falando de um teste real, num lugar em que não entendam o português e você tenha que falar tudo em inglês."

— Meu pai faz isso. Ele me disse que na Austrália há vários idiomas. Nas reuniões, todos falam inglês para se entenderem. Na minha escola também.

"Pensem sobre isso, Elizabeth. Seria um ótimo estímulo para o desenvolvimento do nosso garoto."

"Vamos pensar." Respondeu ela.

Bastou uma conversa entre mãe e pai, e estava decidido: André embarcaria em sua primeira viagem internacional rumo à terra dos cangurus.

Familiarizado com o idioma inglês por estudar em uma escola bilíngue havia alguns anos, ele não teria grandes problemas de comunicação. Além disso, poderia ter contato com a realidade do pai. Respirar a atmosfera dinâmica de projetos e obras, mesmo que fosse por algumas semanas, traria frescor à sua imaginação.

Entusiasmado, André contava a todos a novidade. Alguns adultos achavam loucura uma criança embarcar em uma viagem tão longa. Os pequenos, quando ouviam o nome Austrália, já o associavam aos cangurus e aos coalas. Alguns falavam do 'maior coral do mundo' e do surfe.

Quando a Professora recebeu a notícia, foi a vez de André ser surpreendido:

"Que beleza, André, você vai para a terra de Oz!"

André pensou, pensou e então perguntou:

— Da Dorothy e do Homem de Lata?

"Dizem que sim. Sua mãe não te contou que lá é a ilha continente?"

Pronto. Lá foi Elizabeth pesquisar a origem da 'terra de Oz', eternizada no coração de crianças pela história 'O Mágico de Oz'.

Por mais que procurasse, ela não encontrou comprovações da crença popular de que a Austrália inspirou o escritor norte americano Lyman Frank Baum a escrever sobre os reinos de Oz. Mas isso era apenas um detalhe. O importante era manter o interesse do filho e incentivá-lo a buscar por si mesmo as informações. Ela pesquisou na internet, pegou alguns livros na biblioteca da escola, comprou alguns outros e descarregou tudo no quarto de André. Assim, ele poderia passear pelas paisagens, familiarizar-se com o nome das cidades e se preparar para sua próxima aventura.

Eles partiriam no início de dezembro assim que as aulas terminassem, e ficariam por lá até meados de janeiro. Faltavam três semanas para a viagem, e André não falava em outra coisa.

— Mãe, sabe por que os bichos-preguiça dormem tanto?

"Não, por quê?"

— Eles passam o dia nos galhos dos eucaliptos comendo suas folhas. Como elas são calmantes eles vivem com sono. Que maldade, não é?

Elizabeth olhou para o menino, aguardando que completasse seu raciocínio:

— Coitados, não aproveitam para brincar, aprender, só dormem.

Ela não disse nada, mas concordou com a afirmação do filho.

Em outro momento, André perguntava:

— Posso levar minha prancha?

"Não cabe na mala. Vamos com duas malas e tem que caber tudo dentro delas."

— Mas, mãe, eu preciso. Lá, as crianças surfam desde pequenas e eu já tenho oito anos.

"Isso nós resolveremos quando chegarmos lá. Nada de prancha na bagagem."

Resignado, André voltava a seu quarto mergulhando em suas pesquisas.

No último dia de aula, Elizabeth foi buscar André com as malas no carro. Do colégio seguiram para o aeroporto internacional de Curitiba, em São José dos Pinhais. De lá seguiram para Buenos Aires, e então para Sydney.

Austrália 1999

André não se abateu com a exaustiva maratona de aeroportos e as intermináveis horas de voo. Jogava, dormia, acordava com um sorriso nos lábios, olhos luzindo. Quando o avião finalmente pousou, levantou-se empertigado:

— Vamos, mãe.

Ao contrário do filho, ela estava exausta. Levantou-se, esticou as pernas, alongou a coluna e girou a cabeça para ambos os lados soltando os músculos do pescoço.

As malas não demoraram a chegar. Elizabeth retirou-as da esteira, e dividiu com o filho a tarefa de puxá-las até a saída.

— Pai! André pulou sobre Mário.

“Preparado para as surpresas da Austrália?” Mário perguntou, abraçando-o.

— Vamos precisar de uma prancha de surfe. A mamãe não me deixou trazer a minha.

"Surfe"? Ai, ai, ai... Esses assuntos de água têm me dado muito trabalho.

Após beijar Elizabeth, Mário pegou as duas malas e eles começaram a andar.

"Projetos de despoluição, Mário?"

"Há muita mobilização por aqui quando o assunto é despoluição ou reaproveitamento. Tudo que se refira à água e lixo está no topo da pauta de discussões."

"Sustentabilidade."

"Tudo gira em torno disso. Parece que essa será a marca dos jogos do ano 2000."

"Isso é muito bom." Elizabeth considerou.

"E trabalhoso. Você tem acompanhado os protestos do *Greenpeace* na baia de Homebush?

— Paz verde? *Greenpeace* é paz verde em inglês, eu aprendi na minha escola.

"Verde como as plantas e determinado como uma criança de oito anos que acha que pode fazer tudo."

— E o que eu não posso fazer?

Mário parou, abaixou-se e olhando nos olhos do filho, disse:

"Desistir, filho. Você não pode desistir do que você realmente quer."

André não disse nada.

Mário levantou-se e continuou andando.

Nesse momento, André parou, olhou para o alto e girou:

— Nossa, esse aeroporto é gigante. Onde está o nosso carro?

"Nada de carro. Vamos de trem."

— Oba!

André falava, emendando uma questão à outra. Intercalava sorrisos e expectativas, pulos e exclamações. Por todo o lado, as novidades despertavam sua curiosidade. O percurso de vinte e um minutos a bordo do vagão do *Airport Link* até a estação *Circular Quay* foi uma aventura.

— Olha mãe, os vagões de portas amarelas têm dois andares! Eu quero sentar no segundo andar.

"Podem ir, eu levo as malas." Mário disse satisfeito por ver a alegria com que André se movimentava. Sua disposição era impressionante. Ao vê-lo assim, tão disposto, quem poderia imaginar que aquela criança de oito anos vivia em constante avaliação médica?

Após seis minutos, chegaram à *Central Station*. Nesse ponto do trajeto, o trem ascendia à superfície e era possível ver um pouco de Sydney com seus edifícios, vias de acesso e passarelas para pedestres. André arregalou os olhos e disse:

— Uau! Que cidade grande! Disse, observando avidamente tudo a seu redor.

O trem seguiu viagem alternando trechos subterrâneos e de superfície. André não se movia. Olhava atentamente pela janela, pois a qualquer momento poderia desvendar mais um relance da superfície. Quando os autofalantes anunciaram: '*This station is Circular Quay*', ele levantou-se num salto. Ele estava muito ansioso, mal podia respirar. Assim que pisou na plataforma, perguntou:

— Que ponte é aquela que vimos quando o trem parou?

“É a *Harbour Bridge*. Vamos passar por ela.”

— Agora?

“Vocês podem escolher. Vamos para a praia de *Mainly*. Podemos ir de táxi pela *Harbour Bridge*, por um trem que atravessa o rio num túnel, ou de barco.”

— Barco, barco, barco!

Mário deu uma olhada nas placas e indicou o caminho para os *ferry boats*. Na plataforma de embarque para *Mainly*, tirou os *tickets* do bolso e disse a Elizabeth:

“Esse *ticket* é válido por um dia e permite o uso das linhas de trem, ônibus e *ferry boats*. Hoje é sábado, está tranquilo. Durante a semana, nem sempre o transporte público é a melhor alternativa em Sydney.”

“O que você sugere?”

“Vamos organizar os passeios. Se vocês embarcarem em *Mainly* e descerem próximos a seus destinos, vocês podem escolher horários menos concorridos sem problemas.”

“De acordo com a programação, é melhor irem de carro. Você não terá problemas em dirigir por aqui, os mapas do GPS estão atualizados. Ou de táxi. Há muitos por aqui.”

“Vejam, aquele é o nosso barco.”

No trajeto para *Mainly*, Mário explicou que havia trocado de hotel para acomodá-los numa área mais apropriada às atividades de André:

"Além de dispor de toda a infraestrutura de um bairro residencial, *Mainly* tem uma bela e longa praia, além de um calçadão beira-mar em que se faz piquenique e uma piscina pública que André poderá frequentar. Além disso, há os passeios na ciclovia de muitos quilômetros, os supermercados *Coles* e a facilidade de locomoção."

Voltou-se para André e prosseguiu:

"E a minha surpresa para você: vamos ficar bem pertinho da escola de surfe."

André vibrou.

"Não sei, Mário, não acho uma boa ideia. O surfe não é adequado para o André."

"Eu expliquei aos instrutores que André não é como os garotos daqui, está aprendendo a nadar. Eles vão avaliar a situação."

"Há tantas coisas para se fazer, tantos lugares para visitar, pra que o surfe?"

"Ele vai para o treinamento, vamos conversando com os instrutores. Combinado?"

— Eu consigo, vocês vão ver.

O catamarã atracou na estação *Mainly Wharf* e os três desceram no mais brasileiro dos bairros de Sydney. Mário havia pensado em tudo. O local era calmo e belíssimo, com bares e restaurantes que fervem à noite e servem aos turistas durante o dia.

Instalaram-se num apart hotel — *Self-contained apartment* como se diz na Austrália — no final da badalada Rua do Corso. O hotel os deixava a poucos passos de tudo que pudessem precisar, havia lojas de todo o tipo e o calçadão próximo à praia.

"Que tal começarem com um 'giro de magrela'? Estão construindo mais trinta e cinco quilômetros de ciclovias na grande Sydney."

— Uau! Mãe, você vem comigo?

"Amanhã, André. Hoje eu preciso descansar."

"Não se preocupe com esse passeio, Elizabeth. Se vocês se cansarem, peguem o metrô. Há linhas novinhas para facilitar o transporte até os centros esportivos."

"Isso é bom. Nem todos têm a mesma energia."

Rapidamente, André aprendeu a transitar sozinho pelas redondezas do hotel. Nas manhãs em que passeava pelo calçadão, via uma senhora de chapéu sentada numa cadeira, olhando o mar. "Será que ela gosta de surfe?" André se perguntava.

Ele não gostava de ficar muito tempo assistindo às peripécias dos surfistas, depois que suas aulas de surfe não deram em nada. Nas aulas, era chamado de *haole*. Disseram-lhe que significava 'surfista de fora', mas na praia aprendeu com outros garotos que a palavra era usada para quem fala muito e surfa pouco.

Antes que pudesse chatear-se, as novidades inundaram seus dias e ele acabou por se conformar. Por todo lado, havia pessoas praticando esportes ou simplesmente caminhando. Amante da liberdade, ele fez da bicicleta, alugada para a temporada, uma companheira inseparável. Passava horas agarrado ao guidão, primeiro pelo calçadão, depois pelas ruas no entorno do hotel. À medida que se sentia seguro, esticava seu trajeto ampliando os destinos.

Ao longo das linhas brancas desenhadas no asfalto, descobria sua própria Austrália. Em sua mente, as linhas não eram uma divisão do fluxo de pedestres e ciclistas. Eram a certeza de que podia percorrer o caminho e voltar quando bem entendesse. Ele gostava dessa sensação de conexão entre a novidade da próxima curva e a certeza do aconchego no final do trajeto.

Num fim de semana, fizeram uma excursão até as *Blue Mountains*, a poucos quilômetros de Sydney. Poucos lugares representam tão bem a beleza ensolarada das terras escaldantes da Austrália. De lá, André podia ver o deserto central e as terras distantes, ao norte e ao sul. Imaginou quanta gente havia enfrentado aquelas travessias que pareciam tão perigosas. Em silêncio, ele procurava vestígios.

Muitas vezes, mãe e filho tomavam um táxi no final do dia para se encontrarem com Mário em um restaurante. Nessas ocasiões, André conheceu empresários, políticos, ex-atletas agora dedicados a suas equipes olímpicas. Ele nunca sabia o que ia encontrar, pois as pessoas eram 'meio esquisitas'.

Falavam inglês com um sotaque engraçado, às vezes difícil de compreender. Seus cabelos tinham cores, comprimentos e texturas que ele nunca tinha visto. Portavam-se à mesa de maneira diferente. Alguns usavam talheres para tudo, outros chupavam a sopa e os molhos, fazendo um barulho que ele considerava constrangedor.

Nesses momentos, observava a reação de seus pais e não encontrava reprovação. Via-os agirem como se tudo fosse normal.

Sua naturalidade infantil despertava a simpatia dos que o incluíam nas conversas. Bastavam poucas perguntas para que sua inteligência transbordasse pelo seu inglês fluente e todos, indiscriminadamente, se curvassem perante seu brilho de menino. Por sua vez, André sentia-se à vontade ao expor suas opiniões, pois sempre fora incentivado a pensar e tecer comentários sinceros respeitosamente. Como se preocupar em discordar num ambiente em que ser diferente era tão natural?

André corria pela Rua do Corso, percorria os dez quilômetros da *MainlyWalkway*, e comia *Fish and Chips*. Quando andava pelo centro de Sydney, lembrava-se dos comentários da Professora sobre o mundo de Oz. Nesses momentos, se perguntava se entre as pessoas que habitavam a cidade, vindas de tantas partes do planeta, veria o Homem de Lata disfarçado de homem de negócios piscar para ele. Ou se Dorothy apareceria correndo na praia, procurando a estação de *Mainly* para embarcar no próximo *ferry* e resgatar o Leão Covarde na *Harbour Bridge*.

Os *ferries* eram ótimos, mas André preferia os trens. Quando as portas amarelas se abriam, ele imaginava o Espantalho sentado no segundo andar, seguindo em direção à *Opera House* em busca do conhecimento que pensava não ter.

À noite, quando se deitava para dormir, podia sentir em suas mãos os pelos dos coalas que tinha segurado no dia anterior. E ao lembrar-se da praia, com aquela areia fina e branquinha, ficava todo arrepiado. Quando ouvia o barulho de sua mãe, preparando o chá de hortelã para seu pai, pensava nas folhas de eucalipto que mantinham os bichos-preguiça sonolentos e quietos nos troncos, rodeados pelas folhas que os alimentavam, amarelando sua energia. Logo, o cheiro do café o despertava para sua primeira tarefa: comprar pães fresquinhos na padaria a alguns passos do hotel.

Na cabeça de André, a Austrália que Sydney lhe apresentava era uma maquete do paraíso. O clima oscilava entre dezoito e vinte e cinco graus Celsius. A cada dia, o zoológico, o hospital de coalas, as praias ou uma novidade esperava por ele. Havia ainda o centro da cidade com seus edifícios altos e modernos, as excursões nos finais de semana. E, todas as noites, jantava com seu pai e sua mãe. Nesses momentos, ele se lembrava de Baita e suas saudades.

Ao final das férias, abraçou seu pai no aeroporto e disse:

— Agora eu entendo por que você tem que viajar, pai. Um dia, eu serei como você.

A frase o pegou de supetão. Sua garganta se trancou e as palavras vindas de seu coração não saíram de seus lábios: "essa é apenas a primeira das muitas aventuras que lhe o aguardam, meu filho."

Já instalados em suas poltronas, André voltou-se para Elizabeth e disse:

— Eu acho que aquele escritor conheceu a Austrália, mãe. Se ele não veio aqui como nós, ele deve ter lido os livros que você me deu. Tenho certeza que ele conheceu a Austrália.

"De onde vem essa certeza?"

— Aqui há homens como o Homem de Lata, andando nos trens. Há bichos medrosos como os coalas assustados do hospital e os bichos-preguiça do zoológico. E as meninas que pedalam pelas linhas brancas são corajosas como a Dorothy. — Levantando as sobrancelhas concluiu: — Você se lembra quando nós fomos à ópera? Havia pessoas vestidas de maneiras tão esquisitas, que quase qualquer um poderia ser o Espantalho.

Elizabeth permaneceu quieta, apenas olhando para André.

— Você não acha, mãe?

"Eu acho que preciso ler essa história novamente."

***

Em maio de 2000, Mário vivia seus últimos dias em Sydney. Nos últimos meses que antecedem uma olimpíada ocorre a contratação e treinamento de milhares de voluntários. Moradores, em sua maioria estudantes, são recrutados e treinados para mostrar aos visitantes uma cidade que muitos não conhecem.

"Essa era uma das funções de Elizabeth..."

A estadia em Sydney tinha reavivado em sua memória a facilidade da esposa de se relacionar com as pessoas, desvendar cidades e as dispor ao alcance do filho. Foram semanas risonhas, repletas de beijos e cumplicidade que a fizeram sentir-se novamente em Los Angeles. Nos últimos anos, ela havia se dedicado a proporcionar ao filho uma infância perfeita. Agora, o pequeno André demonstrava desenvoltura e ela estava cheia de ideias. Apesar de todas as dificuldades decorrentes da decisão de sua família morar em Curitiba, enquanto ele se deslocava de uma cidade para outra, ele estava satisfeito. Elizabeth tinha voltado a sonhar e seu filho era feliz. A cada dia André se mostrava mais forte para enfrentar os problemas.

A sensação de que as melhores decisões foram tomadas, também reinava no ambiente olímpico de Sydney. A maior parte do complexo esportivo foi construída em Parramatta, cidade da região metropolitana de Sydney. Apesar do investimento no desenvolvimento das condições de moradia e comércio ao seu redor, as obras da zona oeste não foram o maior desafio do comitê. Nem mesmo as novas linhas de metrô e os trinta e cinco quilômetros de ciclovias distribuídos na cidade.

Definitivamente, o grande desafio que se tornou um importante aliado chamava-se Greenpeace. Considerado o maior esgoto da Austrália, a revitalização da baía de Homebush seria o grande legado das competições do ano 2000.

"Um trabalho de expansão da vida, é isso." Como se a Austrália quisesse limpar nas águas de Homebush as tragédias acumuladas ao longo de séculos.

A corrida do ouro, responsável por um grande fluxo habitacional na Austrália, trouxe ao país muitos imigrantes, pessoas que se foram assim que o ouro acabou. Outras tantas partiram de suas casas para não voltar: eram as crianças aborígenes. Com o pretexto de educá-las, o governo as retirava de seus pais e nunca mais elas retornavam. Uma história controversa é verdade. Enquanto alguns historiadores defendem a veracidade das gerações roubadas, outros alegam ser fruto de propaganda política: uma inverdade que jamais ocorreu. O que pensar?

Mário tinha sua opinião. Ele trabalhava com pessoas e cada vez mais conhecia a natureza humana. O ser humano é capaz de tamanha brutalidade? A resposta está nos jornais e nos livros de história.

Agora, o país apresentava um dos melhores índices de qualidade de vida do planeta. O deserto central estava rodeado por metrópoles modernas e cidadãos saudáveis. As doenças e a corrupção haviam sido banidas. As águas de Homebusch estavam limpas. As crianças já podiam voltar. Pedalar, surfar, conhecer os coalas, os bichos-preguiça e os cangurus.

Não poderia ter havido lugar mais propício para André conhecer. Durante sua estadia, ele tinha encarnado a antiga lenda dos indígenas australianos sobre o sonho e a realidade. Para eles há dois mundos paralelos: um mundo em que os homens realizam as atividades práticas do dia a dia, e outro, mais real e importante que eles chamam de 'Tempo do Sonho'. De lá, vieram os pilares de sua sociedade. Leis, símbolos e valores são revelados espiritualmente a pessoas capazes de se conectarem a eles. Não importa o que aconteça, as respostas e soluções estão disponíveis no Tempo do Sonho. André era a própria capacidade de sonhar.

"Seria essa a razão da linha que ligava os reinos da terra de Oz ser amarela? A linha que dirigia a trajetória de André era branca. Faz sentido. A liberdade e o ouro têm cores diferentes." Com esse pensamento, Mário se olhou no espelho constatando que sua barba estava perfeita. Limpou o barbeador e o colocou em sua valise.

Checou pela última vez os armários do quarto, não havia mais nada ali. Ele havia deixado tudo preparado no dia anterior. Dessa vez, iria dirigindo até o aeroporto e lá deixaria o carro na agência de locação. Pegou as chaves, acomodou a bagagem no porta-malas e começou a se despedir.

Tranquilo, Mário deixou Sydney e voltou-se inteiramente para Atenas. Aliviado pelo fuso horário e a disponibilidade de voos para o Brasil, inaugurou um período em que as conquistas de seu filho o enchiam de satisfação e as iniciativas de sua mulher ganhavam sua atenção.

Curitiba 2002

Aos dez anos, André passava horas no parque Tingui com Estela e suas bicicletas. Munidos de boné, garrafinhas de água e biscoitos, partiam para o que chamavam de expedições de reconhecimento. No início temerosos, aos poucos os garotos ganharam a confiança dos adultos.

O entusiasmo barulhento da dupla instigou a curiosidade das crianças no condomínio. Assim, primeiro perceberam algumas cortinas semiabertas e dois olhinhos acompanhando a aventura. Depois, começaram a encontrá-los aqui e ali com suas bicicletas. Às vezes de forma tímida, às vezes determinada, uniam-se a eles e a suas fantasias de conquista de um universo cheio de perigos.

Elaboravam estratégias para ultrapassar obstáculos como carros estacionados, inventavam planos, artimanhas para distrair animais ferozes — cachorros encoleirados — e conquistar o território do 'senhor Fumaça'. Era esse o nome engenhosamente dado aos vizinhos que acendiam a churrasqueira coletiva do condomínio.

Barulhentos, mas ordeiros, foram conquistando a simpatia dos adultos que passaram a se revezar nas idas ao parque. Os horizontes se ampliavam e eles se aproximavam dos animais que habitavam seu quintal. Os patos nadavam em bandos, dominando a paisagem no início da manhã. Havia as capivaras que atravessavam a via dos carros em torno das dez horas e no meio da tarde. Um casal de cisnes podia ser visto nas águas todos os finais de tarde. Eram seus mascotes, símbolos da cooperação do grupo, da resistência física e do cansaço gostoso que permeavam uma etapa de crescimento.

Para André, os anos se passavam entre a escola e a bicicleta. De início, seu desempenho escolar era acompanhado de perto pela mãe. Logo, ela percebeu que não precisava se preocupar, pois, curioso, André gostava de estudar. Sua infância transcorria bem, com alguns sobressaltos. Contraíra algumas doenças comuns à idade, outras nem tanto. Impulsionado pelos pedais, sua mãe dizia que ele reagia rápido para não perder o próximo passeio. Quem sabe, ela não estava certa?

***

Determinada, Elizabeth iniciou o ano de 2002 decidida a dar forma a seu projeto.

Ela pesquisou organizações não governamentais dedicadas ao esporte, escolas esportivas para crianças, programas do governo para incentivar a prática nas escolas. Encontrou belíssimas iniciativas, desde projetos sob a responsabilidade de um indivíduo, até programas apoiados pela UNICEF que beneficiavam a população aos milhares. Infelizmente, nenhum abrangia a solução para as crianças do Tingui.

Para que pudesse levar seus meninos ao esporte, precisava conhecer os requisitos legais do país. Se optasse por uma organização sem fins lucrativos, uma ONG ou uma OSCIP, poderia contar com doações dedutíveis do imposto de renda. Mas o brasileiro está engatinhando nessa questão: poucos sabem que podem doar um percentual do imposto a ser pago para a receita federal sem acarretar em nenhuma despesa adicional. Basta que as doações sejam feitas a entidades que possuam o 'Certificado de Organização Idônea' fornecido pelo governo. Como consegui-lo?

Se esquecesse das ONGs e montasse uma empresa, levaria em torno de um ano para conseguir o alvará de funcionamento. Nesse caso, de onde viria o dinheiro? Uma empresa com fins lucrativos não pode receber doações dedutíveis do imposto de renda. Assim, teria que produzir e vender alguma coisa que lhe trouxesse o dinheiro necessário para contratar os profissionais de esporte.

Quanto mais pesquisava, mais se enredava em leis e detalhes trabalhistas. Sua mesa estava atulhada de prospectos e modelos de contratos.

Passados alguns meses, Elizabeth se deu conta de que não tinha mais tempo para ir ao parque com as crianças. Sua cabeça estava tomada por estratégias de negócio e materiais de apoio recomendados pelo SEBRAE.

“Basta!” Ela determinou. “Esse não é o meu caminho. Minha prioridade é André e meu objetivo são crianças sobre bicicletas.” Afastou-se das práticas empresariais e voltou a se dedicar às atividades da escola, sempre em busca de voluntários. As ideias, entretanto, continuaram a povoar sua mente e suas conversas com o marido:

“Eu sinto que me tornar empresária me distanciará do mais importante, o meu filho e as suas atividades. Deve existir outra maneira, Mário.”

“Tenho pensado muito sobre isso. Quando uma ideia está muito complicada, ela está errada. As melhores soluções são simples. Precisamos retirar as dificuldades até chegar ao ponto que interessa.”

“Descomplicar para pedalar...”

Atenas 2004

Sydney surpreendeu os visitantes com uma organização em que tudo funcionou. Nunca houvera tantos voluntários, atletas e visitantes em um evento dessa categoria. “Se me pedissem para definir em uma palavra a experiência olímpica em Sydney, essa palavra seria tranquilidade.” Mário pensou. Porém, com o encerramento dos jogos do ano 2000, a paz pareceu se retirar da cena mundial.

Em 2001, o atentado terrorista às Torres Gêmeas de Nova Iorque instaurou o medo no ocidente. As falhas de segurança e a engenhosidade do ocorrido reverberavam sobre o sentimento de luto que se alastrou pelos Estados Unidos. O número de viajantes a turismo caiu vertiginosamente. As empresas aéreas e a economia sentiram seu impacto. Felizmente para Mário, pelos próximos anos, suas rotas de viagens não incluíam o continente norte-americano. Como um sinal do que se aproximava, seu destino era o berço dos deuses, do arrebatamento, dos desejos passionais.

Em Atenas, a natureza das prioridades se alterou. Em meio à insegurança reinante no cenário internacional, menos de cinquenta por cento do orçamento foi aplicado em obras de infraestrutura. Foram tempos difíceis, de negociações complicadas. Por diversas vezes, o COI ameaçou cancelar as competições devido aos sucessivos atrasos nas obras. E durante o evento, o que mais se viu foi um forte aparato de segurança.

Há menos de sete meses para o início dos jogos, os estádios não estavam prontos. A cobertura do estádio em que ocorreu a cerimônia de abertura foi instalada precedendo em poucas semanas o início das competições. O parque aquático não foi coberto.

Apesar da expansão do metrô e da reforma do Aeroporto Internacional Eleftherios Venizelos, muito pouco legado urbanístico restaria à Atenas. O *Parthenon* foi restaurado, bem como o Estádio *Panathinaiko*, palco dos jogos de 1896. Ali seria a sede de disputas de algumas modalidades, como o tiro com arco, em 2004. Mesmo as obras de restauração do centro arqueológico revelaram-se fadadas ao abandono, como denunciado após os jogos.

Habituado a composições encardidas e obras fenomenais, Mário sabia que todas as olimpíadas têm lá suas surpresas e que em Atenas não seria diferente. O que nunca deixou de surpreendê-lo foi a capacidade humana de ultrapassar limites. Ano após ano, pessoas deixam suas cidades para adicionar histórias impressionantes à sua imagem de desportista. Seja pelo convívio com André, seja pela mudança de perspectiva que o passar do tempo traz à consciência, Mário percebeu que se distanciava do executivo e se voltava cada vez mais para o ser humano que havia por trás de cada pódio.

Atenas também deixou para trás os erros e exibiu, durante todos os jogos, uma organização impressionante a começar pela cerimônia de abertura.

No centro do estádio surgiu um lago que envolveu a deusa *Athena* e um centauro vermelho, logo após um garoto, empunhando a bandeira do país, atravessá-lo num barco de papel. Sucessivas divisões de uma escultura aérea ressaltaram elementos essenciais da cultura grega. Dezoito partes foram depositadas no lago, numa alusão às dezoito ilhas gregas.

Desde a simplicidade do garoto em seu barco de papel até a mensagem transmitida por dois astronautas da Estação Espacial Internacional, tudo remetia ao caráter atemporal das disputas. Como se a antiguidade não tivesse passado e através do homem, decomposto em partes, depositasse, por todo o planeta, ideais milenares. Mais vivos do que nunca, agora unidos pelas águas, homens — partes — existências brilhavam numa presença pirotécnica que saudava a vida no fogo da pira olímpica.

Nas provas de maratona na categoria feminina, mais surpresas: chorando muito, a recordista mundial Paula

Radcliffe abandonou a prova que liderava exausta. Em meio à mesma disputa na categoria masculina, um herói emergiu numa emocionante demonstração da capacidade de recuperação. O brasileiro Vanderlei Cordeiro de Lima liderava a prova quando foi puxado para fora da pista. Não se sabe como, o ex-padre irlandês Cornelius Horan furou a segurança tentando impedir que avançasse.

No melhor espírito olímpico, Vanderlei superou a frustração, os adversários que o ultrapassaram, e cravou um bronze para o Brasil. Seu esforço não passou despercebido pelo COI que o condecorou com a Medalha *Pierre de Coubertin*: uma honraria ao grande nome daquela edição dos jogos.

Lado a lado com a celebração da antiguidade, a internet levava informações constantes a blogs esportivos. Algumas emissoras transmitiam as provas pela rede. Aliados à divulgação em inúmeros sites, o evento atingiu uma imensa plateia. As façanhas estavam nas telas de todo o mundo, fosse nas televisões, nos computadores ou celulares. Mário não podia deixar de pensar na transformação que se operava nas mentes que, devido ao aparato tecnológico, descobriam o que o esporte pode fazer. Em 2004, algo estava mudando.

Pela primeira vez, os jogos olímpicos e paralímpicos foram organizados pelo mesmo comitê. O sonho idealizado por Ludwig Guttmann foi responsável pela chegada de cerca de quatro mil paratletas ao berço milenar das olimpíadas. Eles encontraram edifícios públicos, a maior parte das grandes atrações turísticas e as áreas de grande fluxo adaptados para recebê-los.

A atmosfera de entusiasmo era notória. A maior delegação mundial de todos os tempos batia recordes diariamente. Enquanto Michael Phelps consagrava-se como o maior medalhista das olimpíadas de Atenas, muitos desportistas deficientes começaram a perceber que os holofotes estavam se posicionando sobre eles. E com eles, a atenção das empresas incentivadoras dos jogos.

Mário atestara as mudanças nas reuniões de planejamento. Cada vez mais, podiam esperar por inovações. Próteses melhores e novos tratamentos médicos juntavam-se à crescente atenção de governantes. Com o apoio financeiro de clubes e empresas, crescia o número de pessoas que poderiam se dedicar a um esporte. Para aqueles cidadãos, portadores de deficiências físicas ou mentais, isso significava a possibilidade de um futuro.

Mário estava entusiasmado. Finalmente assistiu a uma paralimpíada e seu Brasil fez bonito. Simbolizando os feitos de todos os brasileiros presentes, a mineira Ádria Rocha dos Santos voltava para casa consagrada como a maior velocista cega do mundo ao conquistar sua quarta medalha de ouro. Ao todo, detinha dez medalhas paralímpicas. Como não ver o que estava acontecendo?

Beneficiados pelo repasse de verbas públicas ao COB (Comitê Olímpico Brasileiro) e às confederações por meio da Lei Piva de 2002, os paratletas brasileiros cravaram suas marcas. O Brasil encerrava sua participação na décima quarta posição do ranking geral com trinta e três medalhas. "Esse é o caminho." Mário pensou.

***

Diante do entusiasmo de André, naquela tarde de sábado de 2004, Mário lançou a ideia:

— Um treinador, pai? Pra quê? Eu estou cada dia mais rápido.

"Você está em fase de desenvolvimento e uma boa orientação pode te ajudar."

Ele não estava convencido. Tentando entusiasmar o filho, Mário continuou:

"Com um treinador, você conhecerá grupos de ciclistas que organizam passeios, viagens, participam de campeonatos. Você já completou doze anos, quem sabe num futuro próximo você possa participar?"

— Competições de ciclismo? Viajar pelo mundo como você? Participar de campeonatos de ciclismo por toda parte? Ele era todo 'fogo'.

Mário sorriu, satisfeito.

"Vou tratar disso. Logo, logo, você vai conhecer seu treinador."

Elizabeth surpreendeu-se com o rumo que a conversa tomou. Ela concordava com Mário, o acompanhamento de um treinador seria ótimo nessa fase em que o filho sentia-se seguro em sua bicicleta. Em sua opinião, seguro demais. Um treinador evitaria sustos sem cercear sua liberdade. Porém, não imaginava que a paixão de André pelo ciclismo era tão forte. "Viajar pelo mundo? Participar de campeonatos por toda parte? Meu Deus, a cada dia ele descobre uma nova forma de viver intensamente." Ela pensou consigo mesma.

André levantou-se, dirigiu-se à porta e sem olhar para trás afirmou:

— Vou contar para a Estela.

Eufórico, dirigiu-se à casa dela. Havia algum tempo que não ia lá. Nos últimos meses, Estela estivera um tanto ausente. Tinha cada vez mais compromissos com as amigas, atividades do colégio, aulas de sei lá o quê. Ele gostava da amiga, da proximidade que desfrutavam, não percebia que os fatos pareciam insistir em separá-los. André sentiu-se feliz ao fazer o trajeto do reencontro.

Chegou à casa, apertou a campainha e aguardou. Assim que a porta se abriu, perguntou:

— Cadê a Estela?

Olhou em direção à sala, e a viu aproximando-se rapidamente.

— Estela, quero falar com você. Sabe o que meu pai vai fazer? Foi falando e entrando na sala como de costume.

Com um olhar aflito, quase o empurrando para fora da sala, ela respondeu:

"Agora não, André. Estou ocupada."

— Mas eu preciso te contar. Ele vai...

E foi estancando-se ao se dar conta da presença de outras pessoas atentas ao que dizia em meio a cochichos e risadinhas.

"Agora não, já disse." Estela sussurrou. André já se voltava para a porta quando um dos garotos se levantou e veio até eles:

“O que você quer aqui? Ela já disse que não quer papo.”

— Luís?

Ele não gostava de André desde que tinha chegado ao condomínio, dois anos atrás. Trocavam poucas palavras, a conversa não ia pra frente.

— O que você está fazendo aí?

“A Estela me convidou, ao contrário de uns e outros. O que você quer, moleque? Não foi convidado, está sobrando. ‘Vaza.’”

André não conseguiu reagir. Ficou parado, sem palavras, diante daquele garoto que o fazia notar as vozes, a movimentação de pessoas que considerava seus amigos. Vários jovens do condomínio dividiam a sala com outros que ele não conhecia. Provavelmente, Estela os havia conhecido no seu colégio ou nos lugares que tinha passado a frequentar.

“Pare com isso, Luís. É melhor você ir, André.” Estela sentenciou com um farrapo de voz.

Disse um ‘ok’ quase inaudível, virou-se e retomou o caminho que o trouxera. Lentamente foi se dando conta do tom de voz baixo com que Estela conversou com ele sem sorrir. Meio envergonhada, até. Reconheceu que há algum tempo, Estela não era mais a companheira com quem dividia tudo. Lembrou-se do grupo esparramado pela sala. Por que o excluíram?

“É por isso que ela não pode mais fazer nossos passeios.” Na verdade, ela não tinha tempo para fazer mais nada com ele. Um misto de raiva e tristeza foi se apoderando de seus sentidos, borbulhando nos pensamentos em ebulição. “Justo agora que vou treinar, viajar e participar de campeonatos...”

Quando chegou em casa, não entrou pela sala. Deu a volta pelo jardim até a garagem, pegou sua bicicleta e saiu sem falar com ninguém. Desceu a rua interna do condomínio, passou pela guarita de segurança e seguiu em direção ao parque. Precisava coordenar suas ideias, entender o que estava acontecendo.

Na ciclovia André pisava cada vez mais fundo nos pedais. Corria, na tentativa de esquecer os problemas, corria. Desafiava o rumo dos acontecimentos sobre um asfalto às vezes acidentado, sua bicicleta trepidava. “Que idiota, como eu não percebi?” Por mais que acelerasse, não conseguia deixar para trás o sentimento que não sabia definir. Em meio ao turbilhão de inquietação, raiva e surpresa ele acelerava, mas as palavras trocadas com Estela e Luís não saíam de sua cabeça.

“‘Agora não, ela disse.’ Que carinha babaca: ‘Não ouviu o que ela disse?’” Repetia para si mesmo. E Estela? O que fazer com a decepção que o dilacerava?

Buscava nos pedais uma solução para sua vida. Talvez enfrentando o vento que batia em seu rosto pudesse alcançar um novo desfecho. Como se subitamente o caminho poeirento tivesse o poder de convencê-lo a dar menos valor ao que pensava ser tão importante, transformando em pó as frases de que tentava se livrar.

Chegou à ponte, que liga o estacionamento principal ao interior do parque, no momento em que as capivaras espalhavam-se pelo gramado parecendo não se importarem com as pessoas ao redor. “Seria o fim?”

Teria que se conformar com a rejeição não só de Estela, mas dos colegas do condomínio com quem se divertia até tão pouco tempo atrás? Modificar seus planos significava fazer tudo de outra maneira, mas como? Eles roubavam seu chão. Por que essa dificuldade havia se instalado em sua vida? André havia se negado a aceitar a mensagem de fatos recentes insinuando a ruptura, por isso não havia se protegido. A seus olhos, o que estava acontecendo era uma injustiça.

Ele acelerava inconformado, rebelando-se. Sem saber como, numa fração de segundos, a roda traseira da bicicleta ergueu-se com tamanho impulso lançando-o num voo rápido e inesperado, até aterrissar no lago. Tudo mais à sua volta desapareceu em meio à água que entrava em sua boca e seus ouvidos enquanto ele se debatia tomado pelo susto.

Antes que pudesse atinar com todo o ocorrido, alguns transeuntes resgataram-no:

“Você está bem?”

Deitado na grama ouvia as vozes, começava a perceber os corpos à sua volta:

“Está doendo em algum lugar?”

— Estou bem. Respondeu sem saber ao certo como se sentia.

— Estava pedalando e...

Olhou ao seu redor.

— Cadê a minha bicicleta? Disse.

"Ah, ele está bem..."

Em meio a risos de alívio, alguém respondeu:

"Está ali", apontando para a direita, onde a bicicleta jazia em partes sobre o gramado.

A confusão tinha assustado as capivaras, fazendo com que se afastassem da entrada da ponte.

— O que aconteceu?

"Curto-circuito: essa ponte foi construída com antigos postes retirados das ruas. Você vinha tão rápido que os acordou e levou uma descarga elétrica."

Em meio a gargalhadas, uma senhora muito séria interviu:

"Parem de zombar do menino. Não veem como ele está assustado?" E voltando-se para André continuou: "Sua bicicleta chocou-se com uma capivara. Correndo como você estava, teve sorte de cair na água."

— Sorte. Ele disse em tom sarcástico. "O que ela sabe para dizer que tenho sorte? Já passei por tantas coisas, o que eles sabem de mim? Esse vento... Estou todo molhado..." Pensou tentando se levantar.

— Cadê a capivara?

"Levaram para o guarda. Ele vai tomar conta dela."

"Vamos te ajudar. Onde você mora, garoto?"

— Ali. Apontou com o dedo.

Situada junto ao muro lateral do condomínio, sua casa não podia ser avistada daquele ponto do parque. Mas eles entenderam qual era o condomínio e se encaminharam para lá.

Levaram o menino e tudo mais. Um casal apoiava André, três adultos carregavam as partes mecânicas, e as rodas da bicicleta.

Quando chegavam avistaram Mário e Elizabeth, que haviam sido alertados pelo funcionário da guarita, vindo ao encontro deles.

"O que aconteceu?"

— Atropelei uma capivara e caí no lago.

"Ele estava correndo muito."

— Aquela capivara, não sei de onde ela apareceu.

"Você se machucou, filho?"

— Não sei, não sei...

Os pais de André agradeceram a todos e levaram o garoto para casa. Mário carregou André até seu quarto e ajudou-o a tirar as roupas molhadas, enquanto Elizabeth ligava o chuveiro. "Como isso foi acontecer, André? O que deu em você?"

— Eu não sei, eu não vi o animal, estava pegando embalo e de repente estava na água.

Tomou um banho quente sob os olhos vigilantes do pai. Quando terminou de se vestir, sentou-se em sua poltrona no quarto. Elizabeth deu a ele uma xícara de chocolate quente que havia acabado de preparar. André bebia e sua mãe secava seus cabelos. Mário observava-o tentando entender o que tinha acontecido.

"Ralou o braço e quebrou a bicicleta. Da próxima vez, precisa tomar mais cuidado."

— Eu sei.

"Estava pensando em quê?"

— Deixa pra lá.

"Falamos do treinador, você saiu todo animado, ia contar pra Estela, voltou desse jeito. Vocês brigaram?"

— Não. André respondeu contrariado.

"Conseguiu falar com ela?"

— Ela estava ocupada. Babaca...

"Ah, então vocês brigaram?"

— O Luís é um babaca, ficou lá repetindo: "Ela já disse que não pode falar com você". E ela não disse nada...

"Pronto, seus cabelos estão secos."

"Agora vamos cuidar desse braço ralado. Babacas você vai encontrar por toda parte. Não valem seu tombo." Mário esvaziou a situação. "Perdeu a cabeça, onde pôs seus pés?"

— Como assim?

"Você é o único responsável por seus passos. Se distraiu olhando de lado, ouvindo provocações e esqueceu de prestar atenção ao que fazia. Devia ter se lembrado da história da Dorothy.

— O Mágico de Oz...

"Já pensou como tudo teria sido mais fácil se ela tivesse prestado atenção aos próprios sapatos?"

Não havia mais nada a ser falado. Elizabeth havia comentado com Mário a mudança de comportamento de alguns jovens do condomínio. À medida que as crianças crescem, aproximam-se umas das outras por razões diversas. Pelas mesmas razões distanciam-se de outras com quem a convivência era natural.

André também havia mudado. Tinha os amigos do colégio, as festas e viagens. Mas eles não compartilhavam de sua paixão pelo ciclismo. André gostava tanto de seus passeios ciclísticos que não tinha se dado conta que o grupo estava cada vez menor. Tinha perdido a frequência de outros tempos, e alguns simplesmente não apareciam mais. Não era raro ele sair sozinho. Agora, ele percebia, tudo havia mudado.

Porque o caminho não é reto, tem curvas e subidas e descidas

André desceu da bicicleta, entregou-a nas mãos de Geraldo e se jogou na grama, gemendo de dor. Todo seu corpo doía. Durante aqueles meses, descobrira músculos que nem sabia que existiam, pareciam ter aparecido apenas para doerem. Ele se perguntava como era possível sentir tamanho cansaço, fazendo algo de que gostava tanto.

Em 2006, os treinos eram intensos. De segunda a sexta, se não estava na escola estava treinando. As corridas eram intercaladas com horas de preparação física em aparelhos, longas explicações sobre alimentação e hábitos saudáveis como dormir cedo.

Quando iniciou o treinamento, aprendeu a se levantar antes do amanhecer. Pelo menos, antes da neblina se dissipar revelando as trilhas do parque. Comia uma banana e geralmente antes de terminar o interfone tocava avisando que Geraldo havia chegado.

Seguiam-se alongamentos, corridas, alguns exercícios de fortalecimentos dos membros superiores e muitas flexões. Após cerca de quarenta minutos, subiam nas bicicletas e andavam em torno de 20 minutos. Então, mais uma série de alongamentos. Quando voltava para tomar um banho antes do café da manhã, estava exausto. Porém, o banho lhe dava certo alívio e restaurava seu humor.

Antes de sair para o colégio, arrumava sua cama e levava suas roupas para a lavanderia. Visitas surpresas ao quarto poderiam ocorrer a qualquer dia, bastava que Geraldo determinasse que aquele fosse um bom dia para a inspeção. Ele era implacável quando o assunto era disciplina. Se a roupa de cama estivesse torta, o treinador a deixava pior. Se houvesse roupas espalhadas pelo chão, abria os armários e espalhava outras tantas.

"Você acha exagero? Espere só para ver como a vida trata quem não a leva a sério."

Geraldo dizia que os imprevistos só se tornavam problemas para os desavisados que não se mantinham preparados para enfrentá-los a qualquer momento. "Manter-se pronto é fundamental para prosseguir com sucesso."

Caso precisasse arrumar o quarto novamente, não sobrava tempo para o café da manhã, pois "pontualidade é uma regra imprescindível", Geraldo dizia.

Sentindo-se esgotado, chegou a duvidar se queria ser um atleta. As palavras de Geraldo eram claras:

"Você precisa reconhecer sua força no cansaço, não basta ser forte apenas quando está tudo bem. Nas pistas e na vida, a dificuldade carrega a energia que vai te aprimorar ou te aniquilar."

Depois do colégio, passava cerca de uma hora estudando o funcionamento da bicicleta. Era importante saber como fazer reparos emergenciais básicos, as características dos velódromos em que ocorrem as competições, as regras do ciclismo indoor, e tantas outras coisas.

Inicialmente, ouvia as explicações que Geraldo recheava com vídeos e fotos. Logo, passou a discuti-las. Sem se dar conta, colocava em prática mais uma estratégia do treinador. As discussões eram um incentivo à leitura e à pesquisa. Assim, durante qualquer tempo livre que lhe restasse, André estudava para melhorar seu desempenho.

Faziam uma breve pausa de vinte minutos para lanchar e voltavam aos exercícios. Normalmente, era meia hora de condicionamento físico e então pedalar, pedalar, pedalar. Não é difícil encontrar, nos bairros de Curitiba, longas subidas. Às vezes moderadas, às vezes íngremes o suficiente para exigir muito esforço até mesmo de ciclistas bem preparados. De duas a três vezes por semana, André percorria quilômetros subindo e descendo ruas sob a supervisão de seu preparador.

A rotina era intercalada com corridas cronometradas no Jardim Botânico. Inaugurado em 1979, o velódromo a céu aberto colocou Curitiba no circuito de competições. Moderno para a época, foi o palco em que despontaram ciclistas consagrados em disputas internacionais. Agora era a vez de André. Entre as explicações técnicas e a herança dos fatos ocorridos ali, germinava o encantamento. Nas palavras do treinador:

"Corpo, bicicleta e pista se unem, fundindo-se em um corpo, impulsionado numa unidade. Quando você se torna parte do cenário à sua volta, seus pensamentos te guiam. Com técnica e velocidade, a vitória é sua".

André sentia a energia que emanava daquela pista. O que havia ao redor não importava. Nem mesmo certos problemas na pista cuja última reforma acontecera em 2002 para os jogos Sul-Americanos. Bastava estar ali para ser contagiado, integrar-se ao ambiente.

Antes de encerrar o dia, André limpava e checava o estado geral da bicicleta. Fazia pequenos ajustes e regulagens sempre que necessário, e só depois a guardava com seus equipamentos.

O esporte ia tomando conta de seu tempo preenchendo os minutos e dominando seus sonhos. André adorava as histórias de sucesso de outros atletas. Muitos, superando grandes dificuldades, colecionavam belas vitórias nos velódromos do país e do mundo. André recortava fotos, reportagens, e as fixava nas paredes de seu quarto.

"A superação é um estilo de vida. Não importa em que condições você está competindo, mas como se porta na competição." Geraldo e suas frases, André sabia: enquanto vivesse jamais as esqueceria.

***

Até aquele dia, André não tivera chance de conhecer os novos colegas. Ele os avistava no velódromo e nos parques durantes os treinos, mas sua rotina diária o afastava do tipo de convivência que mantinha quando circulava despreocupado pelo Tingui.

Ele percebia certa curiosidade por parte dos garotos que frequentavam os mesmos locais e treinavam em duplas ou grupos. Isso não o incomodava. Como possuía um treinador particular, sem vínculo com clubes ou escolas, achava natural certo distanciamento. Toda sua energia estava concentrada nos treinos. Provavelmente por esses motivos não faziam tentativas de aproximação nem davam sinais de amizade. "Todos se esforçam demais para perder tempo com distrações", ele pensava.

Lentamente, seu desempenho melhorava. Conseguia acompanhar Geraldo enquanto subiam ladeiras com muito esforço, mas já não precisava parar e recomeçar. O treinamento contra o relógio também começava a mostrar resultados. Apesar de não perceber num primeiro momento, os exercícios contribuíam para que sua postura sobre a bicicleta ficasse cada vez mais equilibrada e respirasse numa cadência constante. Seu condicionamento físico, aliado à alimentação adequada, ressaltava suas habilidades naturais.

Naquela tarde de terça-feira, três garotos já treinavam quando chegou ao velódromo. Geraldo aguardou que fizessem uma pausa e ordenou que André começasse a treinar.

André sentiu a pista nas primeiras voltas. Sem o cansaço e esforço necessários há pouco tempo, sua confiança foi crescendo. A satisfação por estar ali foi tomando conta dele. A cada volta estava mais rápido.

As palavras de Geraldo sobre a unidade corpo — bicicleta — pista dominavam seu cérebro. A cada volta, percebia os pedais mais leves e a resistência da pista diminuindo. Gradativamente, todo o resto foi se tornando distante e o mundo resumiu-se a pedalar e respirar, pedalar e respirar. O atrito do asfalto desapareceu como se estivesse deslizando sobre as rodas e ele continuou acelerando, em êxtase. Apenas quando o apito de seu treinador resgatou-o da sensação, começou a desacelerar e voltar.

Quando parou, o velódromo estava mudo. Geraldo aproximou-se e mostrou a inacreditável marca atingida. André sorriu, retribuindo o abraço apertado do instrutor. Então, ele ouviu. Primeiro uma, depois algumas, até todas as mãos naquele velódromo, aplaudindo o ciclista e seu feito.

Uma sensação de poder e de força inundou seu peito e ele olhou ao redor experimentando uma satisfação até então estranha: "hoje eu ultrapassei tudo". As palmas cessaram e as pessoas se aproximaram para cumprimentá-lo, chamando-o pelo nome. Sorrindo,

André se sentiu em casa, entre amigos, feliz. Ele não estava mais sozinho.

***

Mainara era o centro da vida de Rose, cuja história é a mesma de muitas meninas brasileiras a partir dos 13 anos. Cursando a última série do ensino médio, engravidou do namorado aos 16 anos. Quando o bebê nasceu, ele sumiu e ela deixou o colégio.

Muitas portas se fecham para mulheres sem experiência e com filhos pequenos. Assim que conseguiu colocar Mainara numa creche municipal, arrumou um emprego de meio período em uma agência de seguros. Porém, o salário mínimo que recebia era insuficiente para as despesas. Então, passou a fazer faxinas no período das tardes.

Como morava na casa dos pais, parte do que ganhava era utilizado para ajudar nas despesas que, segundo lhe disseram, aumentaram com mais uma pessoa para consumir água e energia elétrica. Todos os dias, seu pai chegava invariavelmente tarde. Há muitos anos, saía do trabalho e passava no bar antes de voltar para casa. Por sua vez, a mãe não tinha pressa de voltar aos afazeres que a aguardavam após trabalhar o dia todo. Rose trabalhava, embalava Mainara e economizava.

Após cinco anos, com jornada integral e uma carreira em curso na empresa, conseguiu alugar uma casa próxima ao endereço dos pais na Vila Torres e para lá se mudou com a filha. "Ao menos", pensava, "minha filha crescerá em paz."

Quando Mainara tinha seis anos, contraiu meningite. Rose ficou desesperada, não podia perdê-la. Penalizada, uma das patroas de Rose presenteou-a com a bicicleta da filha na tentativa de encorajar sua garotinha no período de convalescência. A paixão foi imediata.

Todos os domingos Rose levava a filha ao Jardim Botânico tamanha era sua felicidade sobre aquela bicicleta. Aos nove anos, Mainara já era frequentadora assídua do velódromo. Assim que chegava do colégio, fazia suas tarefas diárias e seguia para lá, sozinha.

Num domingo em que a acompanhava, Rose sentou-se na arquibancada próximo à pista.

"Aquela é sua filha?" perguntou uma jovem com agasalho de educação física.

— Sim, por quê? Rose respondeu desconfiada.

"Ela se sai muito bem na pista. Nós a vemos sempre aqui, muito prazer, sou funcionária da prefeitura. Nós treinamos essa galera que frequenta o velódromo, organizamos grupos." A jovem continuou, estendendo a mão para Rose.

"Sua filha não gostaria de se juntar a nós? Não sei se a senhora sabe, mas há algumas décadas as competições da Praça Rui Barbosa reuniam multidões. Muitos participantes daquela época estão se empenhando para resgatar a paixão do curitibano pelo ciclismo. Há muitas coisas acontecendo. Já ouviu falar do programa Pedala Curitiba?"

— Não.

"Traga sua filha para treinar. Eu insisto porque ela leva jeito. Não se preocupe, não há custos. Pelo contrário, queremos formar equipes jovens e conseguir apoio financeiro para que possam continuar treinando por anos. Quem sabe, até se tornarem profissionais. Não é fácil, mas estamos batalhando. Vou deixar um cartão com o telefone da secretaria. Na terça-feira teremos uma reunião. Quem sabe a senhora possa vir e conhecer nosso trabalho? Pense com calma e nos procure, dona..."

— Rose.

"Dona Rose. Foi um prazer."

Como chegou, despediu-se e se foi. Rose olhou para Mainara. Ela se movimentava com destreza, era bonito de se ver. Por um segundo, Rose deixou-se levar pelo sonho de ver a filha longe daquele dia a dia sem graça. Imaginou-a uma campeã consagrada, arquibancadas repletas de gente torcendo por sua vitória. Suspirou profundamente e disse a si mesma: "Por que não tentar?" Guardou o cartão sem dizer nada à filha.

Na terça-feira, avisou-a que chegaria mais tarde:

"Ah, mãe, eu queria tanto te contar o que um menino fez hoje..."

— Agora eu não posso, filha. Depois você me conta.

"Mas, mãe, ele quase voou!"

— Depois, Mainara, depois. Preciso desligar. Não me espere para jantar. Beijo, filha.

Sem alternativa, a menina desligou o telefone e ficou pensando, sozinha, como aquele garoto magrinho com sapatos esquisitos podia ser tão forte. Não foi apenas seu desempenho na pista que a impressionou. Enquanto o cumprimentava, ele a olhou de um jeito que a fez estremecer. Abraçada a uma almofada, jogada no sofá em frente à televisão, ela pensava: "Ah como eu gostaria de saber o que passou em sua cabeça."

Rose saiu do trabalho e pegou o ônibus em direção ao Centro de Apoio Esportivo do Jardim Botânico. Ao chegar, informou-se onde seria a reunião e se dirigiu para lá. Avistou a jovem que a tinha convidado conversando com um grupo, mas preferiu não se aproximar. Sentou-se num banco próximo e aguardou.

Uma senhora uns dez anos mais velha que ela aproximou-se, esbaforida:

"Perdi muita coisa?"

— Não, ainda nem começou.

"Ai, meu Deus. Esse trânsito me deixa louca." Sorriu e se calou.

Um homem que Rose não conhecia aproximou-se das duas mães e começou a descrever as atividades desenvolvidas pela Secretaria Municipal de Esportes. As explicações giravam em torno do trabalho de formação, a grade horária dos treinos e as iniciativas para fortalecer o prestígio de Curitiba nos circuitos nacionais e internacionais de ciclismo.

Comentou que por ali passavam atletas premiados, competidores experientes, profissionais da saúde, orientadores técnicos. Às vezes, alguns empresários se interessavam pelos projetos e se juntavam a eles para viabilizá-los. Não havia contratos apenas compromissos.

“A cooperação surge da paixão dos veteranos pelo ciclismo.” Explicou a elas. Em seguida, fez um discurso inflamado sobre os benefícios da modalidade e se comprometeu a apoiar seus filhos como pudesse.

Ao final da reunião, Rose estava entusiasmada. Não sabia como, mas estava determinada a lutar para que sua pequena Mainara participasse do que estava acontecendo. Dirigia-se ao ponto de ônibus, quando a mulher que estava sentada ao seu lado perguntou:

“Para onde você vai?”

— Para a Vila Torres.

“Quer uma carona? Assim conversamos mais um pouco. Gostei muito de suas perguntas.” Elizabeth disse.

A maneira como Rose se expressava a tocou. Após tudo que vivera, Elizabeth não era dada a superficialidades. Aquela mulher tinha o dom de surpreendê-la com pontos de vista que não passavam por sua cabeça e ela gostava disso.

Por sua vez, Rose conservava a capacidade tão própria dos jovens de sonhar e acreditar que é possível modificar o destino. Sua juventude ia além de seus pensamentos, estava em sua pele, em sua gana de vencer, no amor por Mainara. Se o destino estava sorrindo para sua filha, ela não mediria esforços para abraçar o futuro que lhe acenava.

Com seus equipamentos precários, Mainara treinava sozinha, aplicando o que ouvia aqui e ali dos demais treinadores, ou imitando o que os outros ciclistas faziam.

Naquele dia, todos os presentes impressionaram-se com o desempenho de um garoto. Normalmente discreta e calada, empolgou-se com a proeza de André na pista. Deixando de lado a timidez e formalismos sociais, cercaram-no com palavras de admiração e felicitações. Alguns, mais extrovertidos, o abraçavam empolgados. Contagiada pela emoção que tomou conta do velódromo, a menina se aproximou e com um sorriso, disse:

"Parabéns! Foi demais!"

André, meio atordoado com a repercussão inesperada de seu desempenho, ao sentir o cheiro fresco do quintal de sua casa virou-se, olhou-a por um instante e respondeu:

— Valeu.

Mainara era descendente de poloneses. Seus cabelos claros e lisos estavam sempre presos em um rabo de cavalo. Magra e de estatura mediana, sua imagem combinava com seu tom de voz suave e sua 'magrela' na pista.

Em suas idas ao velódromo para acompanhar o filho, Elizabeth percebeu como aquela amizade fazia bem a André. Sempre risonha e meiga Mainara era muito esforçada. Numa tarde, ela perguntou a Geraldo:

"O que você acha de treinar uma dupla?"

"A menina tem potencial, é disciplinada. Mainara pode ir longe com a orientação adequada."

— Por que você acha que minha mãe está falando da Mainara, Geraldo?

Foi Elizabeth quem respondeu:

"O desempenho dela é notável, André. Com todas as dificuldades que enfrenta, Rose fez um ótimo trabalho com a filha. Além disso, acho que vocês seriam um estímulo um para o outro. O que você acha?"

André calou-se por um instante observando Mainara a alguns metros de distância preparando sua bicicleta para mais uma volta. As palavras da mãe, aquela cena, lembrou-se da história de Lance Armstrong. Ele também fora abandonado pelo pai e sua mãe teve que trabalhar muito para sustentá-lo. Se havia algum ponto de dúvida em sua mente, a lembrança foi decisiva para sua resposta:

— Legal.

Elizabeth conversou com Rose e acertou os detalhes com Geraldo.

Inicialmente, Mainara participava dos treinos no velódromo. Às vezes, Elizabeth ia buscá-la aos sábados e ela passava o dia com sua família. Foi num desses dias que os avós de André a conheceram. A mãe de Mário encantou-se com a menina. A seu pedido, Elizabeth lhe comprou alguns equipamentos e trocou sua bicicleta. "Daqui para frente, ela terá tudo que for necessário." afirmou à Rose.

O resultado podia ser visto na pista. Discreta e inteligente ela cativava a todos e melhorava seu desempenho semana após semana.

Numa tarde de sábado, Mário e Elizabeth conversavam na sala quando ouviram André às gargalhadas. Há quanto tempo isso não acontecia? De uma fresta aberta da cortina, viram as bicicletas ao lado, Mainara e André sentados na grama, conversando animadamente.

“Elizabeth, precisamos retomar suas ideias de incentivo ao ciclismo.”

Curitiba 2007

O MUNDO ERA A REALIDADE DE ANDRÉ. EM SUA MENTE, AS DIFICULDADES de comunicação eram resolvidas estudando-se idiomas. As diferenças culturais podiam ser entendidas caso prestasse atenção aos filmes que assistia ou à forma como as pessoas de diversas nacionalidades agiam quando frequentavam sua casa. André começava a perceber a razão pela qual seus pais lhe faziam perguntas, inserindo-o na conversa dos adultos nos momentos de descontração.

Inicialmente, André encabulava-se e receava dar a resposta errada. Logo percebeu que não se tratava de certo ou errado, apenas da sua opinião. Como aprendera em sua curta temporada na Austrália, bastava ser sincero, expressar-se com naturalidade, ser quem ele era. Não havia necessidade de representar ou tentar dizer algo que não pensava.

Era muito bom ver como, em muitas situações, as pessoas surpreendiam-se com seus comentários. Elas olhavam para ele e ao invés de ver seu rosto, seu corpo, enxergavam seu caráter. Naquela fase em que ele tinha tantas dúvidas e espinhas, era muito bom ser alguém, ter uma identidade além da imagem física. Isso não impedia que em alguns momentos ele quisesse jogar tudo para o alto.

Ultimamente, André se pegava pensando em sua infância. Acostumado com a jornada intensa de treinos, acordar cedo e fazer tudo rapidamente havia se tornado fácil. Nos primeiros anos, não saberia dizer sequer a cor dos lençóis de sua cama. Agora não. Acordava antes do despertador e olhava para a janela. A cortina aberta deixava-o entrever as ruas do condomínio. Isso era o suficiente para trazer à tona os passeios, a turminha, a cumplicidade que tivera com a garotada. Era difícil admitir, mas Estela estava sempre à frente da lembrança dos amigos. A amizade cultivada e rompida alguns anos atrás ainda doía em suas lembranças. Quando esse pensamento tomava conta de sua mente, pulava da cama e se preparava para mais um dia de muito trabalho.

Revoltava-se com o efeito daqueles acontecimentos sobre ele. Tudo estava indo tão bem, tinha seus planos, amigos, por que pensar e sofrer pelo passado? Ele precisava arrancar as raízes daquele sentimento que roubava suas forças, afinal, ele também havia mudado. E o primeiro passo era olhar para si e para suas metas.

Desde aquele dia no velódromo, vinha presenciando a admiração brotar no olhar das pessoas com quem convivia. Era muito bom ser reconhecido. Mas falavam em talento nato, diziam que possuía habilidades acima da média. André, porém, não via as coisas dessa forma. Ele estava ciente de quanto esforço era necessário para treinar e dar conta dos trabalhos do colégio. Achava os comentários injustos. Sua vontade era perguntar se não percebiam seu empenho, suas renúncias, seu cansaço ao final do dia.

"As pessoas gostam de pensar que para os outros é mais fácil, sem levar em consideração o esforço que elas fazem para chegar ao resultado", concluiu.

"É mais simples reconhecer o talento do que a dedicação, pois o talento é um dom e a dedicação é uma opção ao alcance de todos." Pensava e se calava.

Os hormônios da adolescência transbordavam em sua pele, seu cheiro e sua rebeldia. A maturidade e disciplina adquiridas no esporte continham suas palavras, não os seus cabelos compridos e crespos. Muito menos as estampas agressivas de suas camisetas e as bermudas amassadas usadas displicentemente. Aos quinze anos, André era um vulcão dando sinais da próxima erupção.

***

Sentados à mesa, Elizabeth conversava com o filho e Mário os observava. Ao longo dos anos André desenvolvera uma capacidade de argumentação incrível que naquele momento exercitava com a mãe.

Passar tanto tempo dedicado à realização de eventos semelhantes em condições tão peculiares a cada sede ensinou Mário coletar sutilezas. Cifradas nas palavras ou em mensagens mudas, ele tinha que entender o que estava em curso antes que as coisas se tornassem problemas. Talvez por essa razão, Mário não comentou nem fez perguntas na tumultuada volta de Elizabeth da África do Sul em 1991, nem quando ela o procurou em meio às obras em *Montjuic*.

Por que tudo isso lhe voltava à mente agora? Ele não sabia. Serviu-se de uma xícara de café deixando as memórias escorrerem.

— Estou grávida.

Com o capacete de proteção na cabeça, Mário parou por um instante antes de dizer: "Me dê um minuto."

Em pouco tempo, voltou sem o capacete, com o casaco nos braços. Caminharam entre as obras afastando-se das construções, das ruas, em direção à orla. Lá, sentaram-se no gramado e fitaram o horizonte. Em meio ao barulho das ondas, procuravam palavras para expressar o que estavam sentindo. Eram jovens, apaixonados pela vida e sedentos de futuro. Adoravam suas viagens, os dias cheios de desafios, as noites longas e intensas. Como encaixar um bebê nessa realidade?

A umidade da maresia incomodou Elizabeth. Ela tirou o lenço de seda que usava ao redor do pescoço, jogou os cabelos para trás e arranjou o lenço sobre a cabeça. Protegia as orelhas do vento, mas não podia impedir que a voz da verdade penetrasse em seus ouvidos. A gravidez a havia deixado apavorada. Algo dentro dela dizia que as coisas não estavam bem.

Por que tantos temores? Todos os dias milhares de crianças nascem ao redor do mundo e seus pais continuam sua jornada. Porém, como um alarme, a cena vivida em Soweto voltava à sua mente desde que o médico lhe dera a notícia. O calor, aquelas pessoas, seu desmaio. A mão estendida em sua direção segurando um copo. Uma bomba estourou em seu interior ao relembrar daquela água. “Meu Deus, eu já estava grávida.”

Desesperada, Elizabeth descrevia a cena para um marido atento e grave, enquanto ela despejava ali, aos pés da terra de Jasão, o pavor que se apoderava dela.

Atônito, Mário a ouvia falar sobre os números da poliomielite na África do Sul, na precariedade daquela excursão, na água turva que bebera. Abraçaram-se, choraram, e se afastaram. Eles não sabiam o que dizer.

Aos poucos, a maresia tornou-se mais forte e as ondas do mar falaram mais alto. Levantaram os olhos para o azul à sua frente, uma sensação de estarem cercados. A noite caía, o céu tornava-se mais denso, a maré começava a subir.

“Já te contei a história de *Montjuic*?”

Elizabeth não respondeu.

“Essa é a terra de Hércules. Ele chegou aqui para pedir ajuda e acabou por ajudar Jasão a recuperar sua frota, enquanto realizava seus trabalhos.”

Elizabeth soluçava baixinho.

"Barcelona é um troféu à coragem, Elizabeth, e será o nome do nosso bebê."

Surpresa, ela olhou para Mário e perguntou:

— Hércules?

"Não, coragem. Do grego, André. Ou Andréa."

O que Mário não falou, ou talvez não soubesse naquela época, era que André é a própria invocação à aventura. Um nome destinado a pessoas movidas a desafios, determinadas e repletas de energia. Em outras palavras, teimosas.

Mário sorriu para si mesmo. Enquanto engolia mais um gole do café, se deu conta do que ocorria em sua casa.

André apegou-se ao ciclismo de tal maneira, que todo seu tempo girava em torno disso. Mas era quase uma criança. Pousou seus olhos sobre o filho sentado à sua frente, observando-o. Como pai, era sua vez de se perguntar: estavam fazendo o melhor ao submetê-lo a tantas regras?

André pareceu ler seus pensamentos. Colocou a caneca de chocolate quente na mesa e disparou a novidade:

— Tem uma coisa que eu quero falar com vocês. Eu quero sair de Curitiba e participar de competições pra valer.

Elizabeth lembrou-se do tombo no parque, da sorte que ele tivera ao ser socorrido prontamente pelas pessoas, sem nenhuma fratura. André olhou para ela e soltou tudo de uma vez:

— O que eu estou tentando dizer é que eu decidi ser atleta. Quero me estabelecer no circuito nacional, participar dos campeonatos internacionais e chegar às olimpíadas. Pronto, é isso.

Mário não estava certo de querer vê-lo envolvido no ambiente atribulado em que vivia. Numa situação diferente, é verdade: ele seria um competidor. Mário era um trabalhador. Preparava as cidades para sediar eventos esportivos com todo seu poder de encantamento, ele não era um atleta, um espectador local, não fazia parte das delegações, ele nem estava nas cidades quando as disputas começavam. Ele contribuía para espalhar a magia durante um tempo de sonho, mas vivia à margem do mundo mágico. Quando as luzes se acendiam, ele não estava mais lá. Mas André poderia estar. Ele tinha que admitir: a experiência seria valiosa para sua vida. Pousou a xícara, apoiou os braços na mesa e se inclinou na direção do filho:

"Diga pra nós, de onde surgiu essa convicção? Por que isso se tornou importante pra você?"

— Eu quero ir além dos meus limites, pai, e pedalando eu me sinto como se vivesse outra realidade. Como eu posso explicar? O que sei é que na bicicleta eu enxergo alternativas, eu sinto que tenho possibilidades. Vocês podem achar que é fantasia, imaginação, mas eu sei que se eu quiser e treinar muito, posso ser mais rápido. Melhor, como você diz. Alto rendimento nas palavras de Geraldo.

"Não achamos que seja imaginação, você sempre gostou de ciclismo. E a prática de esportes traz muitos benefícios ao caráter e ao corpo, nós sabemos. Apenas receamos que você transforme esse prazer em pressão e se frustre." A voz de Elizabeth soava cuidadosa.

— Às vezes é frustrante, mãe. As dores, o cansaço físico da repetição dos mesmos exercícios, o cansaço mental frente a um impasse, um obstáculo que não consigo ultrapassar. Eu confesso, é exaustivo. Mas aí a noite chega e eu durmo. De manhã, quando eu me levanto só penso em treinar, começar de novo, o resto já foi. Concluiu, dando de ombros.

[Silêncio]

Como dizer àquele jovem de quinze anos que ele estava errado? Sua maturidade e clareza eram evidentes, seu raciocínio era claro, ele sabia do que estava falando. Na vida é preciso seguir em frente. Quando a noite nos afasta dos impasses, podemos enxergá-los melhor e descobrir como vencer cada obstáculo. E então, prosseguir. "Ele está certo." Mário pensou.

— Todos ajudam muito. André continuou, enquanto remexia a comida no prato com o garfo.

— Os esportes trouxeram pessoas incríveis para minha vida. Meu treinador, preparadores técnicos, novos amigos. Acho que o empenho que precisamos ter desperta o lado bom das pessoas. Elas torcem por nós, incentivam, ajudam.

"Está claro o que essa carreira vai exigir de você? Muito trabalho, dedicação e perseverança."

— Eu sei, eu sei. Geraldo diz que superação não combina com dor nem cansaço, mas com coragem.

Estaria André influenciado pela rotina de exercícios, pela convivência com Geraldo e seus alunos? Ou haveria algo mais que eles não conseguiam enxergar na determinação do filho de ganhar o mundo? De onde surgira essa convicção de que o ciclismo transformaria sua realidade? Do que ele estava fugindo?

Mário e Elizabeth queriam tomar a decisão correta, mas não sabiam o que dizer. Eles o haviam incentivado na prática esportiva para fortalecer sua saúde e sua confiança. Mas lançar-se a uma trajetória profissional jamais havia sido aventada de maneira tão clara. No fundo, temiam que André descobrisse que não era tão perfeito e sucumbisse. Mas, nunca, jamais poderiam dizer isso a ele.

"André, sua mãe e eu vamos pensar."

"Você conversou sobre isso com alguém?" Perguntou a mãe.

— Com o doutor Eureka.

***

"Só mais um minuto." Respondeu quase sem mover os lábios, a testa franzida, os óculos escapando pela ponta do nariz.

Sentado na poltrona entre a lareira e a janela, Mário aguardava por Eureka. Sempre que precisava fazer encaixes delicados, nada o detinha até que terminasse a operação de construção. Absorto em seus próprios pensamentos, observava o amigo sem ver o que se passava.

'Crec'. Ouviu-se um estalar de encaixe. "Pronto. Está ficando uma belezinha..." disse o doutor, tirando os óculos e recostando-se à cadeira com um sorriso.

— É, está.

"Você deveria ter um *hobby*, Mário." Eureka sugeriu enquanto estalava os dedos, depois o pescoço, liberando a alma. Ele era um homem grande de cabelos grisalhos levemente ondulados agora caídos sobre a testa. Parecia não se importar com o espaço que sua barriga vinha ocupando ao longo dos anos. Alimentava-se com gosto, bebia uísque com frequência, e aos sábados saía para passear com seus robôs.

— Eu tenho as minhas fotografias.

"Você tira fotografias, isso é diferente. Estou falando sobre fazer algo que te lembre como é se sentir vivo." Levantou-se e serviu um uísque para os dois.

— O que ele queria dizer?

Na verdade, Mário sabia muito pouco sobre o vizinho. Nunca tinha visto seus filhos. Também não tinha escutado qualquer comentário que o desabonasse. Agora na poltrona ao lado rompeu o silêncio:

"Você já viu alguém morrer em suas mãos?"

Surpreso, Mário voltou os olhos para o doutor.

"Quando eu monto meus robôs, eu lhes dou uma chance de existir."

— Isso atenua o amargor da morte?

Eureka olhou para o horizonte possível da janela, perdendo-se em algum pensamento que deixou seus olhos úmidos. Permaneceu naquela distância dolorida, quase sagrada, por uns instantes. Depois voltou, ajeitou-se na poltrona e olhou para Mário:

"Todos acham que eu trabalho com próteses, implantes, tecnologia. Eu digo a você que eu trabalho com vidas. Devolvo às pessoas parte das possibilidades que elas perderam. Elas acham que eu as ajudo e isso é o mais engraçado. Eu não posso dar os passos por elas, nem eliminar as dificuldades que elas enfrentam para se adaptarem a membros eletrônicos e órgãos artificiais comandados por Bluetooth. São elas que, ao decidirem que são normais, param de olhar para o que não têm e se voltam para o que querem fazer.

Esse é o segredo do qual o sucesso do transumanismo depende. A ciência não é tudo. Se fosse assim, andróides seriam super-humanos, e é o contrário: são os deficientes que dão vida aos aparatos tecnológicos. Literalmente, eles precisam optar por continuar e evitar a rejeição do órgão ou da prótese. Suas escolhas são a solução. Eu só apoio os que já decidiram, ajustando o software do microprocessador interno. Como eu poderia suportar minha própria existência se lhes dissesse que não podem viver a deles?" Remexeu o gelo de seu copo e continuou: "Ouça."

— O vento?

"A vida ao seu redor. Todos, caminhando para a morte cada vez mais próxima. Posso sentir seu cheiro, eu conheço o seu cheiro. Vejo os sinais, a cor da pele, o brilho do olhar que se esvai, as palavras de despedida."

Mário permaneceu quieto. Onde ele pretendia chegar?

"Você já ouviu falar de Neil Harbisson?"

— O rapaz que desenvolveu o *Eyeborg*?

"Ele mesmo. Harbisson nasceu num mundo em preto e branco devido a uma doença chamada acromatopsia. Ele desenvolveu o *Eyeborg* para 'escutar' as cores. Em 2004, ele implantou um microchip no crânio para traduzir a frequência de luz das imagens em som. Para ele, Londres é vermelha e amarela. São Paulo é azul e vermelha. Isso não é maravilhoso?"

— É, sim, eu me lembro, ele é considerado o primeiro 'ciborgue' do planeta.

"Pois então, Mário. Ele é um poeta que disse não à morte. Ele escolheu a vida, meu amigo."

Eureka tomou mais um gole de seu uísque, dando um tempo para Mário refletir.

"Como é possível ver essas crianças cruzando as ruas do condomínio com pressa de fazer, de chegar, de viver e pensar em impedi-las?"

Mário sentiu um nó formar-se na garganta.

— Eu tenho receio por ele. Você sabe...

"Ele só quer viver, meu amigo. Nós já fomos jovens, conhecemos esses sentimentos. Nós sabemos onde tudo isso vai dar."

— Sabemos?

Eureka esperou.

"Eu encaro o fim todos os dias, Mário, rondando as salas cirúrgicas. Muitas vezes chega tão perto que é preciso muito esforço para afastar a morte, olhando para ela e dizendo: 'ainda não'. Ela para, escuta e recua alguns passos, mas nunca vai embora. Ela está lá."

Mário entendeu.

"Não há lugar seguro. Tenho pacientes que só se recuperaram por abraçar uma prática esportiva. Outros que enfrentam complicações no uso de próteses sem desanimar por decidirem que ainda é tempo de viver. Ouça a voz do seu filho, ele só quer existir. Acredite, não há forma mais poderosa de se proteger da morte do que perseguir um sonho."

Num ímpeto de sair dali e fugir da realidade apresentada pelo doutor de maneira tão contundente, Mário colocou seu copo de uísque intocado sobre a mesa.

Permaneceram quietos por alguns minutos, até Mário perguntar:

— Resgatar a vida com robôs?

O doutor abriu um sorriso largo, recostou-se à poltrona e disse:

"Por isso me chamam de Eureka."

Ambos riram e se calaram.

"Converse com seu filho. André sabe reconhecer um argumento importante e recuar. Cabe a você e Elizabeth entenderem qual a importância disso tudo para ele. O que Geraldo diz sobre isso?"

— Ainda não conversei com ele.

"Faça isso. Juntos vocês acharão a resposta."

Mário levantou-se, estendeu a mão em direção ao amigo e disse:

— Eureka. Obrigado.

***

Há alguns anos, quando Mário o procurou, Geraldo vivia num estado de pobreza existencial. Ele lutava para assimilar a frustração de não poder mais competir.

Desde muito jovem, ele fizera do esporte a sua vida. Geraldo ansiava o mundo, a surpresa, a liberdade para ser o que quisesse e por um tempo havia conseguido. Assim como seus pais sentiam necessidade de proteger o filho, ele sentia necessidade de pedalar. Que mal havia nisso? Ele era um garoto e garotos não se importam com segurança, eles desejam adrenalina. Sem dar ouvidos a ninguém, deixou para trás os estudos, os amigos, a família. Quando sua carreira desportiva deu sinais de estar chegando ao fim, ele percebeu que não tinha mais nada.

Estava difícil para ele acreditar que o futuro pudesse reservar-lhe novos momentos de satisfação, pois toda a felicidade que conhecia vinha das pistas de ciclismo. Então, ele conheceu André.

Aquele menino não desperdiçava seu tempo. Mergulhava de cabeça na vida, desfrutava de cada situação, aproveitando o momento como um presente sem esmorecer. E agora estava aprendendo a voltar à superfície em grande estilo. Com André, a vida retomava o sentido, pois ele estava de volta às pistas. Agora, como treinador.

Geraldo assistia à transformação que se operava no adolescente, sabia que precisava agir para impedir que seu talento se transformasse em frustração, e a história se repetisse. Quando Mário e Elizabeth o procuraram naquela tarde para discutir suas preocupações, ele sabia exatamente o que deveria fazer. Precisava apenas do sinal verde dos pais para levar seu plano adiante.

Ao voltar do parque no final da tarde, André encontrou seu treinador sentado na sala conversando com seus pais:

"Como estão suas costas, André?"

— Melhores. Disse ele com um rastro de sorriso.

"Estou trocando uma ideia com seus pais sobre umas competições. O que você acha?"

— Bacana. Onde serão as próximas provas?

"Em Londres."

André engoliu a seco. Seu coração parecia querer sair pela boca, tamanho o susto diante da proposta de Geraldo. Após um momento de silêncio, dominou sua emoção e perguntou:

— Mas Londres será a sede da...

"Isso mesmo: das olimpíadas de 2012. Seu tempo é muito bom, pode se tornar fabuloso. Seu condicionamento físico está melhor do que nunca. Com quinze anos, você ainda não pode competir nos jogos de Pequim. Se você estiver realmente disposto, você passa a competir nas provas municipais, estaduais, Copa Brasil, tudo que pudermos arranjar. É bom lembrar que esse é um trabalho de longo prazo, não posso te garantir nada. Mas, se você estiver disposto, daqui em diante, buscaremos uma chance de integrar a seleção brasileira, em 2012, 2016, seja quando for."

Tomado pela adrenalina, André mal podia acreditar nas palavras que ouvia. Um sorriso tomou conta de seu rosto. Esse era o seu grande sonho. Uma olimpíada! O sonho que sempre o motivou a levantar cedo, treinar arduamente e ultrapassar todas as barreiras finalmente estava acontecendo! Se tornar um atleta profissional, participar de campeonatos internacionais, quem sabe um *Tour de France*, o *Giro d'Italia*, uma *Vuelta da Espanha*, por que não? Olhou para seu pai e sua mãe, depois voltou-se para seu treinador:

— Obrigado.

Geraldo levantou-se, pôs as mãos nos ombros de André e respondeu, olhando em seus olhos: "Não importa o que fizemos até aqui. Daqui pra frente, valerá o que você estiver disposto a fazer."

Mário, sorridente, abraçou-o forte, deu alguns tapinhas em suas costas e não disse nada.

Pequim 2008

Agora, a poucas semanas das olimpíadas de verão em Pequim, André tinha uma meta: integrar a seleção brasileira nos jogos de 2012.

Mainara hesitava entre a empolgação de André e a incerteza de poder realizar seus próprios sonhos. Desde que ganhara uma madrinha, as coisas se tornaram mais fáceis. Ela fazia planos, sonhava em se manter no ciclismo, quem sabe atingir alto rendimento. Mas nada tão grandioso quanto André. Deixar o país para competir? Aí já era demais.

Na noite de quarta-feira, após os treinos de rotina, Mainara e André jantavam na cozinha enquanto Geraldo, Mário, Elizabeth e Rose conversavam na sala. Precisavam organizar o futuro da dupla. Muitas coisas iriam mudar dali para frente.

Deixaram os garotos fora das negociações para evitar uma ansiedade desnecessária. Geraldo permaneceria à frente da preparação de André e Mainara, agora com dedicação exclusiva e um expressivo reajuste financeiro. Elizabeth buscaria os patrocinadores necessários para viabilizar os planos traçados juntos. Rose a ajudaria na elaboração das cartas, envio de materiais pelo correio, tudo que pudesse fazer. Precisavam trabalhar rápido.

Passados alguns dias, receberam a confirmação:

— Vamos para Pequim. Eu embarco amanhã, Elizabeth acompanhará vocês dois e o Geraldo. Vamos ver se vocês gostam mesmo dessa história de se tornarem profissionais.

“Tio, eu não sei se a minha mãe...”

— Sua mãe e eu já combinamos tudo, Mainara. Minha sogra faz questão que você esteja com André e tenha todas as oportunidades que pudermos lhes proporcionar. Você também vai.

***

Mainara retratava a condição da grande maioria dos atletas brasileiros. Sem uma cultura de apoio aos esportes, convencer empresários e entidades a financiarem a carreira de brasileiros dispostos a se dedicarem quase exclusivamente a um esporte é uma tarefa árdua. A falta de conhecimento da legislação e dos benefícios da prática esportiva regular era um desafio que Elizabeth enfrentava todos os dias em seu objetivo de levar os jovens ao ciclismo.

Em suas idas e vindas entre associações, clubes, e secretaria de esportes, tomou conhecimento do artigo 87 da lei complementar 40/2001 vigente em Curitiba desde 2002. Oportunizada pela valorização dos imóveis ocupados pelos clubes, a lei previa desconto de 66% de Imposto sobre a Propriedade Predial e Territorial Urbano (IPTU) relativo aos imóveis de associações sem fins lucrativos. O desconto destinava-se a clubes, ONGs, associações, sindicatos, institutos, desde que obedecessem a algumas regras.

Primeiramente, destinar os 33% restantes do valor do IPTU devido a projetos esportivos com a respectiva comprovação financeira. Segundo o funcionário da secretaria lhe explicava: "100% dos recursos vão para as mãos dos atletas. De acordo com suas premiações, o atleta recebe de R$1.000,00 a R$12.000,00 por ano."

A segunda regra dizia respeito à contrapartida social. Cada beneficiário deveria comprometer-se com iniciativas como Natal Solidário, Doe Sangue pelo Esporte, disponibilizar espaço de eventos para terceira idade ou qualquer outra atividade com objetivos sociais.

A terceira regra era divulgar o incentivo da prefeitura.

Elizabeth adorou. A lei era simples, os formulários eram claros, os jovens a partir de quatorze anos poderiam se candidatar.

Ela não foi a única a se encantar com a solução adotada por Curitiba. Quase em sua totalidade, a lei foi implantada em São Paulo. Depois, vieram cidades do interior, de outros estados e assim a ideia germinava.

"Está certo privilegiar esportes olímpicos e o desempenho nas competições. A dedicação merece reconhecimento. É uma maneira de dizer aos iniciantes que não devem limitar suas ambições. É importante eles saberem que podem chegar ao topo. Se quisermos aumentar a quantidade de jovens beneficiados, o primeiro passo é divulgar a lei e aumentar a adesão das instituições." Elizabeth concluiu. "Esse é o caminho."

***

No dia seis de setembro de 2008, dirigiram-se ao Estádio Olímpico de Pequim: o Ninho do Pássaro.

A abertura oficial dos jogos foi um espetáculo moderno e alegre. Com muitas cores, fogos de artifícios e uma coreografia grandiosa.

As delegações adentraram no estádio no início das festividades seguindo a ordem do alfabeto chinês: a delegação brasileira foi a vigésima oitava a desfilar. Junto aos demais cento e oitenta e seis atletas, o judoca Antonio Tenório carregou a bandeira do Brasil. O país tinha levado a quarta maior delegação ao evento.

Contrariando o protocolo, a tocha olímpica não percorreu as futuras sedes dos jogos. Em junho, o comitê organizador determinou que a rota da tocha fosse realizada exclusivamente no interior do país por uma causa nobre: um terremoto tinha assolado a região de Sichuan. Com a mudança, o governo chinês poderia concentrar esforços nos trabalhos de socorro e salvamento das vítimas.

O tremor ocorreu na região nordeste da bacia de Sichuan. Cercada pelo Himalaia, pela cordilheira Quinling e as áreas montanhosas de Yunnan, Sichuan fora outrora a sede das civilizações de Shu e Ba. Assim como o movimento das placas tectônicas abriram a grande Falha de Longmenshan do nordeste da bacia, as antigas nações foram dominadas e destruídas pela dinastia Chin. Porém, ambas tiveram suas culturas preservadas pelo povo de Sichuan. Em 2008, era o momento de retribuir o cuidado de seu povo abrindo mão da rota da tocha e salvar a população. Curiosamente, foram realizados dois trajetos simbolizando o passado e o presente da China.

Quando a tocha chegou às mãos do chinês Hou Bing, ele ergueu-se até o pico do Ninho de Pássaro para acender a pira. A grandiosidade das participações ressaltava o esforço presente no espírito de uma olimpíada. Seja pela beleza, seja pela destreza, era o desdobramento da rotina diária de cada um dos presentes.

O velódromo Laoshan, localizado no distrito de Shijingshan em Pequim, abrigou as competições de ciclismo de pista num circuito oval de 250 metros de comprimento novíssimo. Ao se deparar com as instalações de aproximadamente trinta e três mil metros quadrados, André perdeu o fôlego. Com capacidade para receber seis mil pessoas, tudo era simplesmente fabuloso.

O Brasil chegou a Laoshan com grandes expectativas. O ciclismo brasileiro estava lá com Soelito Gohr e Flaviano

Eudóxio de Carvalho, sob a coordenação do italiano Romolo Lazzaretti. Aos vinte e sete anos, Flaviano era bicampeão brasileiro e campeão pan-americano. Soelito, a grande aposta de medalhas, tinha trinta e cinco anos e muitas vitórias nos circuitos nacionais. Juntos, eles entravam para a história por serem os primeiros brasileiros a disputar provas de velódromo numa paralimpíada.

Na segunda-feira, dia oito de setembro, os brasileiros impressionaram; pela primeira vez, o Brasil estava no páreo na disputa de medalhas. Soelito Gohr cravou um minuto, quatorze segundos e duzentos milésimos. Isso significa que ele pedalou a uma velocidade média de quarenta e nove quilômetros por hora. Já Flaviano, queimou a primeira largada e finalizou o percurso em um minuto, vinte e oito segundos e novecentos e setenta e três milésimos.

Infelizmente, não foi o suficiente para subirem ao pódio. O italiano Fábio Triboli superou Soelito por vinte e um milésimos de segundo. “Vinte e um milésimos de segundo!” André pensou. E por menos de quinze segundos, Flaviano ficou em décimo nono lugar. “Que números são esses!”

Dia nove, terça-feira, foi a vez de disputar o percurso de um quilômetro contra o relógio. Mas essa não era a especialidade de Soelito. Mesmo assim, o paraciclista conseguiu ficar em nono lugar.

Sexta-feira foi dia de Soelito e Flaviano disputarem mais uma prova contra o relógio. Na final de ciclismo de rua, Soelito chegou a ficar em terceiro lugar por um tempo. Ele percorreu os vinte e quatro quilômetros e oitocentos metros em trinta e cinco minutos, cinquenta segundos e dois centésimos. Completando as duas voltas em pouco mais de quarenta minutos, quarenta e quatro segundos e noventa centésimos, Flaviano fechou a prova sem pódio brasileiro.

A festa do dia dezessete de setembro encerrou as paralimpíadas com uma cerimônia mais curta que a de abertura, mas nem por isso menos grandiosa. O desfile das diversas delegações empunhando a bandeira de seus países contagiou plateias de todo o planeta.

Com quarenta e sete medalhas, nono lugar na classificação geral, o Brasil chegou vitorioso à cerimônia. Lucas Prado atingiu o ouro nas três provas de atletismo de que participou. Totalizando quinze medalhas, os números do atletismo foram superados apenas pela natação: foram dezenove medalhas ao todo, sete delas para Daniel Dias em provas individuais. Estreante na bocha e na equitação, a dupla Dirceu Pinto e Eliseu Santos ganhou dois ouros e um bronze, e Marcos Alves dois bronzes nas respectivas modalidades. O belíssimo trabalho de equipe consagrou com a medalha de prata o tênis de mesa. Antônio Tenório deixou Pequim como tetracampeão paralímpico de Judô.

O evento chegava ao fim quando uma chuva de pétalas vermelhas cobriu o centro do estádio Ninho do Pássaro. Em seguida, dançarinas desenharam, numa coreografia perfeita, o tema das próximas olimpíadas: uma carta para o futuro. Repleto de simbolismos, os chineses falavam do processo de plantação e colheita, numa homenagem aos que superaram obstáculos e brilharam naquela que foi a maior de todas as edições do evento.

Homenageando a próxima sede dos jogos, um ônibus vermelho de dois andares, símbolo de Londres, adentrou no estádio e de lá saíram bailarinos. Então uma grande comoção tomou conta das pessoas que lotavam o estádio: a menina Li Yue que perdera a perna esquerda no terremoto de Sichuan entrou no estádio e cantou a canção que precedeu a queima de fogos. Numa chuva de luzes, fortes emoções e cores, Pequim despedia-se de seus paladinos.

Com um resultado fantástico, a delegação brasileira encerrava uma participação histórica. Agora, o Brasil estava entre os dez melhores do planeta. "Isso é só o começo." André disse a si mesmo.

***

André se tornou calado. O simbolismo chinês encontrou eco em sua mente aninhando-se em seu coração. Desde seu nascimento, vivia cercado por histórias e seus significados — não passou por sua cabeça contestar o que presenciou. Pequim foi um marco. Integrando diversidade, números e desejos, cristalizava-se em conexões e pavimentava o futuro que ele escolhera trilhar.

Sob a orientação de Geraldo, a primeira providência foi inscrever-se na Federação Paranaense de Ciclismo: era outubro de 2008. Preencheu a documentação e, isento de deficiências visuais e intelectuais, foi encaminhado para o comitê de classificação funcional.

A chegada àquele local foi uma experiência chocante. Por mais que tivesse assistido aos super-humanos agigantarem-se em competições na China, ali a situação era diferente. Cadeirantes, amputados, deficientes mentais e visuais, eram todos iniciantes sem o preparo de Soelito e Flaviano. Ajustando suas bicicletas ou conversando com seus orientadores, eles se preparavam para o teste.

Embora tivesse nascido sem os dois pés, André levava uma vida ativa. Participava de quase todas as atividades sem maiores dificuldades. Sua família tratava o assunto com tamanha naturalidade que na maior parte das situações ele se esquecia de sua deficiência física. Diante daquela realidade, comentou:

— A primeira vez que senti falta de meus pés eu estava na praia. Brincava com uma amiga e, de repente, perdi o equilíbrio. A prótese se soltou e caí, escorregando da boia. Fiquei muito nervoso por não poder me levantar e buscar a boia. Antes que pudesse pensar, meu pai me pegou no colo e voltamos a brincar no mar.

"Lá como cá, o que conta não é o que não se tem, André, é a determinação e o empenho de cada um. É isso que te faz ser quem você é."

André assentiu.

Desenvolvido com o objetivo de prover um nivelamento em cada modalidade, o processo de classificação funcional baseia-se em avaliações médica e funcional.

Na categoria C-5, estão os atletas com menor comprometimento motor. Geralmente com amputação de dedos da mão ou problemas de mobilidade que dificultam o controle do guidão. Como no caso de Soelito Gohr, não precisam de bicicletas adaptadas.

Enquadrados na categoria C-4 estão os ciclistas com dificuldade de controle do guidão ou alguma dificuldade com membros inferiores, podendo ou não fazer uso de próteses.

Os paratletas de categoria C-3 apresentam problemas nos membros inferiores. Independentemente de fazerem uso de próteses, pedalam em bicicletas com pedais encurtados quando os movimentos de quadris e joelhos foram afetados.

Ciclistas com deficiências múltiplas apresentando facilidade de movimento sobre a bicicleta são classificados na categoria C-2. Os pedais podem ser fixos em caso de limitação de movimentos nos quadris e joelhos. Essa era a categoria de Flaviano Carvalho.

Reserva-se a categoria C-1 para aqueles com pouca força no tronco, amputações duplas ou diagonais, com ou sem próteses.

Há ainda outras subcategorias. Na *handbike* o paraciclista faz todo o movimento com os membros superiores. Nos triciclos competem os paratletas cujo movimento de membros superiores e inferiores não é harmonioso e carece de equilíbrio. Finalmente, na categoria *tandem* as bicicletas são duplas: o deficiente visual senta-se atrás do piloto, que é um atleta sem deficiência.

André obteve a classificação C-3.

De tudo aquilo, a energia do grupo o impressionou. Passado o susto inicial, André passou a ouvir pessoas motivadas, planos e sonhos de pódio. Quando falavam sobre a causa de suas deficiências, o faziam sem pesar. Relatavam fatos e concluíam o relato com depoimentos de como superaram aqueles momentos e chegaram ali. André capturou a vibração.

Quando tudo terminou, o antigo e o novo estavam dentro dele medindo espaços, acomodando-se para abrigar a jornada prestes a começar. Subitamente, sentiu vontade de falar com seu amigo, o cacique Tindiquera. Voltaram para casa e, antes de se despedirem, convidou Geraldo para dar uma volta no parque.

O Tingui dominava as imagens da infância de André de tal forma que ficaria para sempre impregnado em suas lembranças. Quantas crianças podem crescer assistindo, da janela do quarto, a neblina ir deixando o lago à sua frente e dizer:

— Mãe, já é dia lá fora. Posso ir agora?

Frequentemente chegava ao gramado com os patos caminhando pelas margens do lago. Aquelas manhãs costumavam ser envolvidas numa brisa fresca, quase gelada, cujo cheiro verde ele reconheceu nos cabelos de Mainara.

Seu quintal fora construído numa grande extensão de preservação, transformando uma área de alagamento em uma área de lazer. No final do século XX, as enchentes anuais de Curitiba foram quase erradicadas com a disseminação de parques no entorno dos rios. Margeadas, as águas abundantes se tornavam as águas da saúde, da alegria e da beleza.

Além da ciclovia frequentada por André, existem quadras de futebol e vôlei, pista de *cooper*, churrasqueiras e playground, pontes de madeira cobertas e trilhas fechadas. Mas nada disso, nem mesmo o lindo memorial Ucraniano de madeira, tinha sua preferência.

O monumento ao cacique Tindiquera localizado na entrada do parque era o único ponto em que ele parava. Muitas vezes sentava-se na grama a seu lado para conversar. Tal como Mário fazia na Praça Engenheiro Bernardo Saião, aquele ponto do parque era o seu cantinho secreto em que observava a vida passando.

Ele conhecia muito bem a história dos índios tinguis. Seu pai gostava de lhe contar como eram as tribos que viviam naquela região. Vendo o interesse do filho, Mário fizera uma pesquisa sobre o assunto e constantemente trazia novos episódios, detalhes de como os tinguis colaboraram com os portugueses nos tempos da colonização. Suas casas, armas de caça, estatura, André sabia tudo. Depois vieram outras tribos, outros rios, e suas lendas.

O garotinho que ouvia as histórias cresceu amigo do cacique. Ele era seu companheiro, uma espécie de confidente na ausência física do pai. Estabeleceu-se entre eles tal intimidade que, perante ele, André deixava seus pensamentos correrem soltos. Junto ao amigo, procurava respostas para situações que não entendia, pois achava que um cacique, sabendo tantas coisas, poderia ajudá-lo.

Se o tivesse visitado no dia do acidente com a capivara, provavelmente não teria caído no lago. Mas, naquele dia, ele estava muito agitado para pensar em sabedoria, conselhos ou bom senso. Agora, depois da China, via as coisas com outros olhos.

Ao se aproximar do portal, pela primeira vez ele viu na figura do cacique o seu passado. Em meio a tudo aquilo, a tarde agitada na federação, o processo classificatório, ele teve a nítida impressão de que um novo cacique estava na iminência de chegar. Afinal, aquela era a sua nova tribo.

Diminuindo o ritmo sem parar completamente, André fez um gesto com dois dedos da testa em direção à estátua. “Tchau, meu amigo. Cuide-se bem. Eu volto pra te contar.”

Nesse momento, ao se despedir do passado e olhar em direção ao futuro, André teve a sensação de que as surpresas são sempre planejadas com antecedência pelo destino. Não pôde deixar de rir de seus pensamentos. Quais seriam suas intenções? Sem palavras, virou-se para frente e acelerou.

Curitiba 2010

SER ATLETA SIGNIFICA DEDICAR GRANDE PARTE DOS DIAS AO SEU aprimoramento. São necessárias muitas horas de treino, condicionamento e descanso adequados. Muitas vezes, tratamentos e massagens específicas para recuperar os músculos mais exigidos. Trata-se de uma rotina que exaure as forças e o tempo do desportista.

Há ainda as viagens, as competições nos finais de semana em que o participante permanece em concentrações, sem a família. Ao final, pouco tempo lhe resta para compartilhar com as pessoas importantes de sua vida. Mais que uma meta, é um viver focado em si. Não, não é fácil dividir a vida com um atleta.

Para atingir a excelência é preciso habituar músculos e emoções a desafios constantes. Dores físicas e semanas exaustivas de trabalho ou estudo não devem ser vistos como problemas, mas como algo que fará parte do cotidiano de quem se propõe a se superar.

Nas provas em que participa, o ciclista se depara com a realidade dos colegas, das pistas e do clima. Em 2010 havia apenas quatro competições destinadas a paratletas no Brasil. Geraldo estava convencido de que eram insuficientes. Era preciso esquecer os rótulos e participar de maratonas e campeonatos regionais, pois a classificação para uma olimpíada só pode acontecer frente a todos esses elementos. Esse é o mundo real, longe das academias e pessoas interessadas em seu sucesso. À medida que as etapas são vencidas, ficam para trás os obstáculos e os companheiros. A vitória é um caminho longo e solitário.

Nos campeonatos, competem ciclistas cujo treino consiste em ir e vir do trabalho manejando os pedais quilômetros e quilômetros. Outros tantos cujo entretenimento é subir na bicicleta e cruzar estradas de uma cidade a outra nos finais de semana.

Nem todos têm a bicicleta mais adequada, o tênis mais indicado, nem mesmo roupas específicas para os treinos. O que todos têm em comum é a vontade enorme de ultrapassar seu corpo, sua vida, seus sentimentos e vencer.

Às vezes, o desejo de seguir em frente é atropelado pelo cansaço numa dessas curvas plantadas no caminho. Nesses momentos, para que o desportista aprenda a persistir, o treinador precisa lembrá-lo por que está ali. Geraldo conhecia de longa data o valor da resiliência, aquela persistência que torna as pessoas mais capazes, intervém nas possibilidades e muda o rumo dos acontecimentos.

André era muito jovem quando os sinais de sua determinação começaram a despontar. Cabia a ele, como ciclista experiente e seu treinador, fortalecer o que já era nato e ampará-lo para seguir na estrada sem se perder numa ribanceira qualquer do destino.

***

Sentado à mesa, Eureka conversava com Elizabeth quando André chegou.

— Tenho consulta hoje, doutor?

“André! Hoje quem está aqui é o seu amigo e vizinho. Como vão as coisas?”

— A mil. O Geraldo intensificou as cobranças para os próximos campeonatos.

“E esses músculos, estão dando conta?”

— É cansativo, mas dá pra levar.

“Seu corpo é seu termômetro. Dê-lhe atenção para evitar lesões. Sua mãe comentou as alterações na sua alimentação. A nutrição funcional é uma forte aliada dos resultados.”

— Meio chata...

“Tudo o que você precisa deve estar nos alimentos. Medicações, suplementos inadequados, substâncias químicas cobram um preço alto por uma glória vazia. Escolhas, meu rapaz, escolhas...”

André balançou a cabeça.

"Persiga a vitória completa, sem dopings químicos nem biológicos. Você não precisa usar ataduras, se infringir dor para acelerar os batimentos cardíacos e melhorar seu desempenho. O esporte ensina ao corpo do que é feita a excelência. Depois de vivenciar essa experiência, acredite, você não vai querer viver de outra maneira."

O último comentário causou uma leve náusea em Elizabeth. Se o filho tinha se centrado na meta de se tornar um ciclista de alto rendimento, ela havia ancorado em sua formação. Içar velas e levantar âncora estava sendo um processo doloroso, mas necessário. A vida de André havia se resumido à busca da excelência e mais nada. Seria essa a razão de sua rebeldia?

Os garotos crescem e reivindicam uma liberdade de certa forma cruel para com os que deles se ocuparam anos a fio. Ela sabia que o incomodava ao chegar mais cedo, assistir ao treinamento e conversar com seus colegas. Todavia, por mais inteligente que fosse, ele era o filho e ela era a mãe. "A inteligência não suprime a experiência que só os anos trazem".

Elizabeth discutia, André revoltava-se e doutor Eureka tentava apaziguá-los.

"André está entusiasmado com a porção que consegue enxergar da vida: viver longe de todos, sob a segurança financeira e emocional da família. Porém, não basta os pais pagarem as contas e estarem disponíveis quando chamados. Apoiar um filho é se fazer presente em atitudes rotineiras, ampliando sua percepção do que é viver."

Como os avós haviam feito durante todos aqueles anos.

"Gritar e fazer cara feia não exige preparo nem coragem, meu filho. O problema passa, o desgaste fica." dizia um avô. "Domine essa ânsia de ataque e aja com respeito. Isso sim faz uma pessoa maior e melhor."

O outro, com seu temperamento inflamado, era mais enérgico: "Contar com a família não significa que todos vão concordar com você. Significa que, à sua maneira, todos farão o que puderem para que as coisas deem certo."

Elizabeth ouvia a opinião de todos.

"Como André pode te entender se ele não compreende o que está acontecendo? Que outra linguagem ele poderia usar na adolescência?" A mãe argumentava junto à filha.

"A rebeldia é sua proteção, as mudanças estão por todos os lados, ele não sabe como lidar com elas. E pensa que sabe. Tente mostrar-lhe que ele ainda não sabe e que a maneira mais eficiente de nunca vir a saber é achar que já sabe tudo. Quem conhece o amanhã? Ele tem que estar preparado para o que vier."

— E como se faz isso, mãe?

"Aí está o desafio: orientar o filho sem lhe negar a decisão. Não há uma fórmula. Você pode ouvi-lo, compreender o que for possível, lembrando-o que nem tudo está em suas mãos", concluindo: "além de discutir com ele quando for preciso, ora essa."

Se a mãe possuía o dom de acalmá-la, cabia a Geraldo apaziguar o ânimo de André:

“Você quer agarrar a vida e sua família parece te segurar. Você quer o pódio e a adrenalina e eles dizem que te amam. Esse jogo te revolta.”

— É isso.

Geraldo sentou-se ao lado de André, inclinou-se para frente esfregando as mãos, e disse:

“Cara, adrenalina se vai depressa demais. O rastro que fica atrás da gente vem desse amor que te incomoda. Procure ver o coração das coisas. Enxergar mais longe, além da superfície do que parece contraditório. Esqueça esse papo de bom ou mau, certo ou errado. O homem é o animal que é lutando por segurança e liberdade. Você não quer ser campeão?”

— Quero.

“Pois, então, comece com a batalha de hoje. Aprenda que existe a hora de viver e a hora de deixar aquela forma de viver morrer para outra emergir. Na vida, meu amigo, não há pódio nem vitória sem amor, nem amor sem risco de dor.” Com um tapinha nas costas de André, completou: “Agora chega de papo. Temos muito trabalho.”

No fundo de seu coração, Elizabeth alimentava a esperança de que fosse uma fase, logo o mal-estar passaria e o relacionamento deles voltaria a ser cordial e afetuoso. De negociação em negociação, chegaram ao ponto: ela não desceria do carro quando fosse buscá-lo. Nas competições, por sua vez, ela chegaria cedo e acompanharia tudo em detalhes.

***

Frequentemente, a Federação Paranaense de Ciclismo lançava desafios para reunir os ciclistas federados no velódromo. Como a meningite afetara apenas o movimento de uma das mãos de Mainara, ela foi alocada na C-5, categoria que abriria as competições daquela manhã de sábado.

Elizabeth olhou para Rose. Ela vibrava e gritava enquanto Mainara corria. Sua energia era barulhenta, seus gestos largos. Enquanto se levantava e se sentava repetidamente, erguia o braço com a mão fechada dizendo: "Vai, Mainara, vai!"

Quando Mainara completou a última volta, ela se sentou pegando sua garrafa de água. Sua pele estava molhada, seus pés firmes e o corpo inclinado para frente. Apoiava os cotovelos sobre as pernas levemente abertas e esperava pelo resultado.

"Rose é impressionante. Ao mesmo tempo que é uma mulher rude e de mãos ásperas, suas atitudes são repletas de emoção. Ela vibra, torce, batalha. Será que ela é feliz?" Elizabeth pensava enquanto assistia à cena. "Felicidade, ora essa. E o que é isso?"

— Ela ganhou! Ela ganhou! Olhe lá, Elizabeth, ela está acenando pra nós! A Mainara conseguiu!

Rose pulava e abraçava Elizabeth, voltava-se para a filha repetindo sem parar:

— Mainara! Mainara!

Sim, aquilo era felicidade.

Sem que Elizabeth pudesse evitar, uma lágrima rolou em seu rosto.

— O que houve?

“Nada, acho que me emocionei com a sua alegria.” Respondeu disfarçando a tristeza.

“Está dando tudo certo, nossos garotos estão dando um show, eu deveria estar orgulhosa da independência do meu André. E eu estou feliz por ele. Estou sim.”

Séria, Rose apenas aquiesceu.

“Vendo Mainara tão meiga, não posso deixar de pensar na rebeldia de André. Ele não está me rejeitando, eu sei, minha mente sabe, mas para o meu coração está difícil. Minha vida, meu tempo, tudo girava em torno dele.”

— Vamos sair daqui, andar um pouco.

“As pessoas me dizem que estou sofrendo devido a minhas escolhas. Como falar em escolhas? Meu filho nasceu com má formação por imprudência minha. Eu não imaginava que estivesse grávida quando viajei à África. A poliomielite, não sabia que ainda está presente em tantos países. Como poderia me negar a amar e cuidar de uma criaturinha que eu fragilizei?”

— Não seja tão dura com você.

“Ao deixar tudo para trás para me casar com Mário, vivi momentos maravilhosos ao preço de muita renúncia. Depois, quando André entrou na escola, e agora. Sinto-me como se tivesse posto minhas mãos no fogo por dois amores e me queimado. Tenho vergonha de admitir, mas o que me restou?”

Rose estava admirada. O que poderia dizer?

“Sabe, nos últimos tempos tenho me lembrado da viagem que fizemos à Austrália. André voltou convencido de ter visitado a terra de Oz. Ele via os personagens, as paisagens e tentava me convencer. Então prometi a ele pesquisar o assunto. Você acredita que as crianças indígenas eram separadas de suas famílias até 1970? Como o furacão que transportou Dorothy?"

— Que horror! Isso é muito triste. Eu não gosto de ouvir essas histórias.

"Nós precisamos saber das coisas, Rose. Senão, como argumentar? Seremos como Espantalhos sem cérebro, incapazes de convencer a nós mesmos de onde está a razão. Ou pior, corremos o risco de nos tornarmos surdos aos argumentos, cegos aos fatos, insensíveis ao olhar alheio. Como decidir com um coração que enferrujou e não sabe mais sentir a vida? Não adianta ter medo, nos escondermos em casa ou rugir para demonstrar autoridade. Esquivar-se também é uma decisão."

Rose ouvia tudo calada.

"Ter medo é da nossa natureza, correr para fugir também. Quando penso nisso, sinto pressa, muita pressa. Eu me lembro das crianças que conheci ao longo dos anos, dos nossos filhos e da meninada do parque. Nós precisamos agir. Precisamos levar as novas gerações para longe dos campos de papoulas que anestesiam os sentidos e paralisam a todos numa morte sonolenta."

— Isso não é felicidade. Nem liberdade.

"Sim, você me entende. Não podemos deixar que as gerações roubadas se propaguem entre os nossos jovens. Preciso parar de sentir pena de mim e levar outros filhos para o esporte. Virar a página."

— Isso mesmo. E a sua ideia do blog?

“É, acho que está na hora de fazermos as coisas acontecerem.”

***

André estava errado. Nada do que fizera até então poderia ser comparado ao que se deparou nos meses que se seguiram. A dura rotina e as restrições alimentares começaram a afetar seu humor e ele entrou em crise.

“A regra funciona para qualquer atividade, André. Se fizer as coisas com má vontade, não vai atingir o resultado desejado. Precisa mudar sua atitude, seu pensamento. Apaixonar-se pelo esporte, entregar-se aos treinos, respirar comprometimento.” Geraldo insistia.

Aquela era uma crise de abstinência. Sem os prazeres a que estava habituado, André sentia falta de suas guloseimas, de amigos, dos momentos preguiçosos no quintal. Seu tempo havia se tornado patrimônio do atleta e sua alimentação assunto de uma junta especializada.

— Como posso conviver com isso? Ele protestava.

Geraldo conhecia os sintomas do ego. Seu pupilo centrava-se em si e se distanciava da meta traçada. “Está na hora de lembrá-lo da lição dos patos”, Geraldo pensou.

“André, neste final de semana faremos o percurso de estrada que a secretaria de esportes está organizando.”

Sem dar atenção à programação nem fazer perguntas sobre o trajeto, André mostrou-se apático. Mas, na noite de sábado, não conseguia dormir. Como se algo se insinuasse no horizonte, ele não sabia o quê.

Sentado no degrau da garagem, André olhava para sua bicicleta há poucos metros.

Ela havia se tornado sua melhor amiga. Com ela, avançava numa trajetória que não sabia exatamente aonde ia dar, mas seguia com a certeza de quem sabe que está na direção certa.

Uma espécie de sentimento de poder, autossuficiência, persistia nele. André gostava de sentir a satisfação dos pais ao vê-lo progredir, do seu corpo delineado pelos exercícios, do respeito dos adultos que o viram crescer, dos sorrisos maliciosos das meninas. O suor que escorria em seu corpo era sua linguagem, sua maneira de dizer ao mundo que estava vivo. Com ela, respondia a todos, enfrentava Geraldo, venceria a competição de estrada do dia seguinte e tudo mais que estivesse por vir.

— Mal posso esperar. Disse a si mesmo com uma pitada de ironia e foi se deitar.

***

O ciclismo de estrada é uma experiência muito diferente. Permanecer de frente ao vento por um longo período cansa muito, é difícil de aguentar. Por isso, os ciclistas andam em blocos. Os integrantes do grupo se alternam na dianteira da tropa, como os patos do lago de sua infância.

Percorridos alguns quilômetros, os competidores sentem o efeito do atrito constante do asfalto. A força da natureza se impõe nas sutilezas do clima, do cheiro de terra, da secura na garganta dos ciclistas. Para integrar-se ao espetáculo, mover os pedais é o primeiro passo numa mistura de resistência e submissão ao ambiente. André pedalava e arfava.

"Tome, vai te ajudar", disse um companheiro estendendo um complemento nutricional em barra para André. — Valeu!

Geraldo poderia tê-lo avisado da necessidade, mas não falou nada. Optou por deixá-lo descobrir alguns detalhes por si mesmo. Ele precisava entrar em contato com sua tribo para aprender a arte da colaboração para sobreviver. Como um autêntico nativo faria.

André olhou para Geraldo antes de engolir a pequena barra, mas não obteve a resposta que procurava. Em seu rosto, viu um traço de ironia. Inflamou-se. Sentiu o sangue subindo à sua cabeça e pensou: "Que espécie de parceiro é esse?" Engoliu a barra e a situação, e não percebeu o buraco na estrada. Foi preciso muita destreza para, num golpe de presença de espírito, girar o guidão e evitar a queda.

"Uhuu!" Geraldo gritou.

— Eu quase caio e você diz 'uhuu'? Bradou.

Geraldo deu uma gargalhada e acelerou.

Não se falaram mais até o final do trajeto.

Quando a jornada terminou, André estava acabado. Menos pelo cansaço do que pela classificação: chegou em último lugar. Elizabeth foi buscá-lo no velódromo, mas André não queria papo. Voltaram para casa num silêncio fétido. Com as janelas abertas e sem forças para brigar, os pensamentos debatiam-se em sua cabeça:

"Onde está o erro que me levou a esse péssimo desempenho? É difícil admitir, mas me saí muito mal. Tenho que assumir toda a responsabilidade pelo resultado? Não, isso não é justo. Geraldo não disse nem uma palavra. Isso está certo? Ele poderia ter agido diferente."

"Se o vento tivesse soprado um pouco menos, meu desgaste teria sido menor. E aquele buraco? Tinha que surgir à minha frente exatamente naquele momento? Como eu poderia vê-lo naquela situação?" André bufava.

O movimento do carro começou a amolecer a ira de André à medida que trazia à tona detalhes de discussões com o treinador nos últimos tempos. Sua mãe percebeu e arriscou:

— O que houve? Coloque para fora, filho, você está explodindo.

Ao narrar o episódio do suplemento para a mãe, André se deu conta de que não estava dizendo toda a verdade. Isso o incomodou. No fundo, era como se ele estivesse reclamando por Deus não colaborar com a intensidade do vento, os organizadores não disponibilizarem um ambiente sem falhas, e pedindo para que seu treinador o orientasse melhor para a prova. Ao dizer à mãe: "eu poderia ter vencido", sentiu-se ridículo. Mas ele não podia assumir a responsabilidade por tudo sozinho, pensou.

Com os olhos fixos na direção, Elizabeth lhe perguntou:

— E agora? O que você pretende fazer?

A pergunta de sua mãe trouxe de volta o conselho que o doutor Eureka repetia:

"Se você quiser ser livre, precisa aprender a suportar as suas decisões."

Ele tinha razão. A única saída, então, era verificar a previsão do tempo da próxima vez e aprender a lidar com o impacto do clima durante a prova. Assumir que o trajeto poderia apresentar percalços e reagir rápido. Aliviar a barra do Geraldo e trabalhar mais. Todos têm suas dificuldades, o jeito é enfrentá-las.

Ao tentar se acalmar, lembrou-se da conversa com Luís, o Marconi. "No fundo, nós nunca nos vimos como deficientes. Nós nos consideramos capazes a vida toda", concluiu.

Como num enredo emaranhado por suas contestações, os personagens começavam a se revelar e ele captava pormenores que não tinha percebido no jantar em que o colega de prova havia lhe contado sua história:

"Dos sete aos quatorze anos de idade, André, eu passei por dez cirurgias ortopédicas. O tiro acidental afetou o desenvolvimento da minha perna, meu pé ficou virado para fora. Mesmo assim, eu praticava esportes de grupo e participava de vários campeonatos estudantis. Para você ter uma ideia, usei bermuda até os dezessete anos sem me preocupar com a aparência da minha perna." Ouvira do companheiro numa noite, às vésperas de mais uma corrida.

André lembrou-se do impacto que a conversa tivera sobre ele, naquele momento em que se recuperava de uma lesão. Marconi havia se casado, tivera uma filhinha, seguia assim até assistir a uma paralimpíada pela televisão. As comportas se abriram e sua mente foi inundada pela certeza de que ser um paratleta não só era possível como valeria qualquer esforço. Trabalhando o dia todo, treinava muito cedo ou à noite.

"Bacana a garra do meu amigo. Não havia tristeza em suas palavras, ele era manso e sólido. Eu vi, havia paixão quando olhava para filha, a pequena Julia, e para sua bicicleta."

A realidade do companheiro de competições resgatou-o da sensação de injustiça e aliviou seu desassossego. Seu problema era maior que o de seus parceiros? Durante os passeios ciclísticos e campeonatos municipais, havia pessoas com as mais diversas deficiências correndo ao lado de pessoas consideradas normais. Nem por isso elas deixavam a prova ou faziam feio. Elas estavam no páreo.

"Desde que nasci, meus pais insistem na ideia de que se esforçar para fazer certas coisas é natural. Hoje eu entendo o que eles querem dizer."

Quando chegaram à guarita do condomínio, André voltou-se para sua mãe e a viu cumprimentando o vigia. Paciência, determinação e respeito. Era isso que estavam ensinando àquele garoto malcheiroso, revoltado e às vezes insuportável. "Se quisesse ser um grande ciclista, precisava aprender a lição." André pensou.

Elizabeth estacionou o carro e acionou o controle remoto para fechar o portão da garagem. Apesar de tudo, naquele dia não houve quedas, nem atropelamentos. Os tinguis estavam em casa e os patos podiam voltar para o lago.

***

No dia seguinte, André fixou a rotina de treinos com um ímã na porta da geladeira:

Aquecimento diário:

- Pedalar dez minutos com Frequência Cardíaca de 136 a 143;
- Fazer seis acelerações de trinta segundos.

Musculação:

- Exercícios de Agachamento, Supino, Levantamento Terra, Remada baixa, Abdultor, Desenvol. Arnold, Adultor, Levantamento olímpico, Flexor, Abdominal em 1 minuto e Puley.

- Segunda-feira: aquecimento diário e musculação;
- Terça-feira: aquecimento diário e treino na pista;
- Quarta-feira: aquecimento diário e musculação;
- Quinta-feira: descanso total;
- Sexta-feira: aquecimento diário, quarenta quilômetros com velocidade de 28 a 32 km/h no plano. Nas subidas, manter rotação constante no pedal. À tarde, musculação;
- Sábado: treino na pista às 7h30min;

- Domingo: aquecimento diário e percurso de noventa quilômetros.

Diante de sua atitude, a mãe perguntou:

"Por que você fez isso se sabe de cor o que está escrito aí?"

— Para me lembrar que tomo leite de soja e como mandioca para chegar as Paralimpíadas de 2016. Se não estou pronto para Londres, estarei para o Rio. Você não me perguntou o que eu pretendia fazer?

#omeninoquepedalava

O Blog

Em 2012, o mundo dos esportes estava nos jornais, na televisão, na internet. Com a proximidade dos jogos em Londres, nas redes sociais se compartilhavam notícias, curiosidades e esperanças. Era hora de inaugurar o blog "OmeninoQuePedalava". Com um longo texto de abertura, Elizabeth destrancou o sonho e se derramou, gota a gota, para vê-lo brotar:

"Querido leitor,

'OMeninoQuePedalava' surgiu da vontade de levar o esporte aos jovens que ainda não sabem pedalar. Meu nome é Elizabeth e meu filho é um paratleta. Convido vocês a conhecerem a história cheia de vida de um atleta do Brasil e participar desse blog postando seus depoimentos e sugestões. Acreditamos que apostar no esporte é transformar o futuro. De onde vem essa ideia? Bem, algumas ideias me acompanham desde criança.

Eu nasci bem pertinho do morro, de frente para a Baía de Guanabara, vendo o Cristo Redentor da janela do meu quarto. Cresci com o cheiro do mar e o sol forte nos ombros enquanto corria pela orla, andava de bicicleta pelo aterro e nadava na praia. Tudo era simples e colorido até a tecnologia, com suas maravilhas, a tecnologia apresentar-se a mim quando fui estudar na ilha do Fundão.

Ligando o que um dia foram oito ilhas, o Fundão é um aterro de mais de cinco milhões de metros quadrados com alguns dos maiores centros de inovação do mundo. O centro tecnológico da Companhia fica exatamente sobre a antiga ilha do Bom Jesus da Coluna.

Há muito tempo, ali havia uma igreja e um convento franciscano onde um príncipe, nosso príncipe-regente Dom João, fazia suas devoções. Mais tarde, Dom Pedro II transformou o convento em asilo para abrigar os combatentes da pátria inválidos. Dizem que se inspirou no *Hôtel des Invalides* de Paris. A inauguração ocorreu no aniversário da filha Izabel.

Quando menina, eu escutava essa história fria e ficava imaginando o decreto de D. Pedro II determinando que o convento acolhesse soldados doentes, aleijados e velhos. Eu não gostava dessa versão. E as lembranças que enriquecem as histórias? Haviam esquecido de contar das preces de D. João.

Para mim, um pequeno príncipe ajoelhava-se no solo daquela ilha para rezar. As bênçãos acumularam-se naquele lugar e caíram sobre combatentes feridos que precisavam de ajuda. Como sinal de sua preocupação com as pessoas que defenderam nosso país, D. Pedro inaugurou o asilo num dia de comemoração: o aniversário de sua filha Izabel. Na minha versão, há magia e humanidade onde outros só conseguem ver os avanços da modernidade.

André é filho de uma mulher que acredita no significado mágico das coisas. Como as tochas olímpicas, seus pais viajavam pelo mundo. André nasceu para nos dar um lar. Curitiba percebeu e nos sugou. Lá não se permite que a água desça como inundação. Na terra dos pinheiros, nosso menino cresceu como um rio: com margens a nortear sua trajetória.

Ele aprendeu a contornar obstáculos e fluir quando abrimos o portão e o deixamos acelerar. Eu arrisco dizer que a tradição ciclística dos paranaenses o magnetizou como se ele fosse um deles. Em Curitiba, a tradição está impregnada no ar, nos espaços públicos, no velódromo do Jardim Botânico.

Treinando, descobriu como percorrer cada dia de sua vida. Se todos chegam ao mesmo final, até lá cada um faz a viagem em seu próprio corpo. Em sua meninice, ele entendeu que a linguagem do corpo é o sentir e lhe deu atenção. Assim, me ensinou que é possível viver como as crianças que ainda não se imobilizaram para não perceber. Como os jovens cujos músculos pulsam em sonhos e planos para o futuro. Por isso meu filho pedala.

Sem adestrar a imaginação, o esporte fortalece o corpo, disciplina a vontade e ensina a vencer. Enquanto estiver treinando, seus olhos verão a beleza do asilo e acreditarão nas bênçãos do príncipe. Compartilhe essa ideia. Divulgue o esporte. Incentive um atleta. Ensine um jovem a pedalar."

Ao final, inseriu as *hashtags* #omeninoquepedalava e #meufilhoeumparatleta já pensando na proporção que planejava dar à campanha. Em seguida, incluiu a palavra "Compartilhe..." seguida pelos botões de compartilhamento nas redes sociais *Facebook*, *Twitter*, *Google+* e a opção de enviar o texto por e-mail. Dali em diante, todas as postagens terminariam assim:

Compartilhe...

Ela propôs a Mário e Rose que escrevessem sobre o nascimento dos filhos e associassem o tema às *hashtags* #omeninoquepedalava e #meufilhoeumparatleta.

Engajados, deram sua forma à iniciativa:

Era a vez do pai de André:

"Meu nome é Mário e meu filho é um paratleta. Saí de casa muito cedo para estudar e trabalhar. Fiquei fora tanto tempo, que quando André nasceu e Elizabeth decidiu realizar o parto no Rio foi um choque. Eu tive que voltar para o Brasil, para perto de meus pais, andar pelas ruas da minha juventude.

De tanto viajar e fazer tantas coisas, eu não sabia mais ser, nem voltar para casa. Na primeira noite, passei horas no balanço da minha infância sem conseguir dormir. Naquela noite, eu percebi que não sabia que tinha raízes. Foi André que, ao nascer sem os dois pés, fincou meus pés no mundo." #omeninoquepedalava, #meufilhoeumparatleta

Em seguida, Rose postou:

"Meu nome é Rose e minha filha é uma paratleta. Mainara nasceu tão calma que eu tinha a sensação que ela não queria incomodar. Como se ela percebesse a minha revolta, pois eu não podia mais estudar nem pensar em me divertir com minhas amigas. Aos dezesseis anos, minha juventude tinha se acabado. Achei que não ia dar conta. Eu precisava trabalhar para sustentá-la e cuidar dela quando chegava em casa.

Sem que eu me desse conta, ela foi me dobrando. Com seu olhar alegre na troca de fraldas, a mãozinha carinhosa durante a amamentação, ela saiu da minha barriga para se tornar a minha vida. Foi uma grande surpresa perceber como uma garota como eu, que tinha medo do escuro, pôde se tornar uma fera capaz de enfrentar qualquer ameaça para proteger a filha. Eu digo a vocês, minha filha me ensinou a pedalar." #omeninoquepedalava, #meufilhoeumparatleta

Elizabeth, Mário e Rose pediram aos vizinhos, aos parentes, aos colegas de trabalho e amigos que compartilhassem as postagens. A ideia estava lançada.

***

Doutor Eureka desligou o telefone e pensou na movimentação que deveria estar acontecendo na casa de André. A emoção, o nervosismo, a firmeza daquele garoto, todos ali, num desfile barulhento de perguntas e respostas sem a menor importância. Naquela manhã fria de junho, de que valeria para André lembrar-se de levar sua escova de dentes?

Rindo de seus pensamentos, o doutor sentiu orgulho daquele menino que vira crescer quase no seu jardim. Entre algazarras e treinos, havia se tornado um rapaz que agora, aos 20 anos, perseguia o sonho de representar seu país. Seu primeiro campeonato nacional, sua primeira Copa Brasil de Paraciclismo estava prestes a começar.

Teria problemas com suas próteses? André usava pés de fibra de carbono chamados *Cheetah*, específicos para esportistas de alto rendimento. Ele tinha avaliado as alternativas e feito a indicação: sistemas eletrônicos não suportariam o constante atrito com os pedais. Absorvendo o impacto e devolvendo a energia em forma de impulsão, a solução adotada funcionava como uma mola.

Quantas vezes complicações de saúde adiaram esse momento? Quantas vezes, achando que estava prestes a avançar na carreira sobre duas rodas a doença obrigou-o a abandonar os treinos para restabelecer sua saúde? Ele parava, recuperava-se e persistia. A poliomielite é traiçoeira. Após certa idade, parece agir no organismo do portador acelerando problemas relacionados ao envelhecimento. Essa não é uma regra, é uma estatística. Criado com tantos cuidados, quem poderia imaginar que justamente André seria afetado?

Eureka não pôde deixar de se preocupar com seu desempenho e o impacto que essa competição teria sobre sua vida. Afinal, tinha influenciado Mário a concordar com o caminho que André havia escolhido anos atrás. Pressionado pela situação, Mário tinha se deixado levar por seus argumentos. Deveria ter feito isso?

Depois de criar os filhos e vê-los partir para viverem seus destinos, colocar tantas pessoas em movimento com suas intervenções cirúrgicas, o que mais ele poderia ter feito?

Sacudiu a cabeça, colocou seus óculos e se voltou para seus robôs. A vida chamava por ele. E era assim, entre próteses e máquinas, que ele sabia responder a ela.

***

Passo a passo, as ideias lançadas pelo blog ganhavam adeptos. As postagens continuaram:

"Enquanto viajava pelo mundo preparando eventos e recepcionando comitivas, foi se estabelecendo em mim uma sensação de retorno. Inconscientemente, a chegada de André me ensinou que a cada etapa concluída segue-se um retorno. Cada vez que a família se reunia, eu me sentia em casa. Uma casa diferente, pois as árvores tinham crescido, a pintura estava um pouco mais escura e André se tornava alguém. Lembro-me do susto ao vê-lo abocanhar quase metade de seu sanduíche com uma mordida. Ele sempre foi guloso e curioso.

Quando à resposta seguiam-se livros e reportagens ele reclamava: eu só queria saber 'isso'. Ao pesquisar o que o interessava, eu me apropriava da informação e ela se apropriava de um espaço em minha vida. Interferia nas minhas escolhas e se instalava nas minhas atitudes. Nem por isso eu me tornava quem ele era.

Não importa o quanto eu me dediquei. A cada etapa concluída segue-se um retorno. Entendi. Às vezes, as pessoas não querem isso, querem outra coisa. E ser diferente é normal." #omeninoquepedalava, #parafazermelhor

"Quando eu o levava para o parque, bastava aparecer um ciclista para ele se esticar e o acompanhar até perdê-lo de vista. Foi assim que o ciclismo se apoderou do meu filho. Ele agarrou-se aos guidões e não soltou mais. Sua primeira bicicleta vivia arranhada, pois ele andava no quintal. Era um tal de cair por cima do arbusto, atropelar as begônias, ralar as pernas.

No começo ele me chamava e pedia ajuda. Depois se acostumou a levantar sozinho e a se preocupar com as coisas ao seu redor: as plantas atropeladas, a grama arrancada, os riscos na 'magrela'. Sem perceber, ele começava a ser possuído pelas coisas que possuía ao refazer o jardim e limpar sua bicicleta.

Ele começou a cuidar das coisas, a pensar a respeito delas. Ele não se sentia livre para dar-lhes as costas. Aqueles objetos e episódios faziam parte do menino que ele era e ele queria que fosse assim." #omeninoquepedalava, #paramefazermaior

"Na 'magrela' um jovem desenvolve mais que músculos, ele constrói sua identidade. Estabelece seu ritmo e ensaia seu tom. Por lhe parecer tudo natural, ele não percebe o que está acontecendo: ele está aprendendo a viver.

Entre um avanço e outro, surgem as complicações. O atleta é obrigado a descer, paralisar seus treinos, restabelecer suas condições de saúde para poder voltar, alguns passos atrás é verdade, um recomeço.

Uma forma de dizer isso é afirmar que quanto mais as dificuldades afastam o atleta de seus objetivos, maior seu empenho de recuperação. Ele sabe que quando melhorar poderá voltar a treinar e isso o motiva.

Numa outra versão da mesma história, não importa quanto ele se esforce. Os problemas o atropelarão e o afastarão das coisas que ele mais gosta de fazer. É isso mesmo?

Sim, a realidade é assim: repleta de possibilidades. Meu filho escolheu seguir de 'magrela' para frente." #omeninoquepedalava, #demagrelaparafrente

***

Quando André entrou no táxi que os levaria ao aeroporto, Mário, com o braço direito sobre o ombro de Elizabeth, sorria emocionado. Elizabeth acenava para as janelas com películas fumês que se distanciavam. Tomados por um misto de tristeza e orgulho, eles sabiam, o garotinho que brincava com joaninhas e atropelava capivaras havia se tornado um homem.

Em 2012, do alto de seu um metro e oitenta e cinco centímetros, olhava com firmeza para o futuro. Havia raspado os cabelos e adotado roupas esportivas para todas as ocasiões. Com seus fones de ouvidos, se conectava ao ritmo dos treinos, ao som dos campeonatos, às batidas dos recordes.

Os tombos, as dores, as resistências que tinha enfrentado, tudo vinha à tona em sua mente. Ele não olhou para trás. Se ocorressem tropeços, teria que se levantar. Nem seu treinador, nem seus colegas, nem os organizadores, ninguém podia livrá-lo de nada. Tudo que aconteceria dali em diante dependeria dele. Com uma respiração profunda inflou o peito: "Eu estou pronto." Afirmou para si mesmo.

O portão do condomínio se abriu, o táxi saiu, a cancela se fechou.

Passaram pela ponte de madeira do parque Tingui, seguiram pela Rua Solimões até as imediações do Shopping Mueller. Contornaram o Passeio Público e seguiram em direção à Vila Torres onde Mainara os aguardava.

"Pode virar à esquerda, o acesso é mais fácil. Ela mora numa casa azul, no final da rua. Isso, por aqui. Agora é só seguir por mais umas duas quadras." Geraldo dizia ao motorista.

A rua estava movimentada, uma festa. Afinal, não era todo dia que uma jovem daquelas imediações participava de uma competição nacional. Apesar de todas as melhorias realizadas nos últimos anos, a Vila Torres é praticamente uma favela e a principal ocupação de seus moradores é a coleta de papel pela cidade. Treinar e competir seriamente tornava Mainara uma celebridade. Entre assobios e muita falação, Geraldo desceu para chamá-la.

Rose era uma mãe visivelmente realizada. Sempre tão firme e determinada, contagiava-se com as conquistas da filha. Mainara a abraçou e seguiu Geraldo.

Ela entrou no táxi, deu um beijinho em André e sentou-se ao seu lado.

— Preparada? Ele disse.

"Ô! E você?"

— Desde que nasci.

"Quero os dois concentrados nessa viagem." Geraldo avisou. "Vocês não estão numa excursão de férias. Todo nosso trabalho de anos estará sendo testado nessa prova. Um bom resultado pode levá-los a uma grande equipe. É nosso próximo passo."

André e Mainara concordaram com um gesto de cabeça.

Geraldo não era exatamente uma pessoa afável. Mas as longas horas de convivência e sua capacidade de perceber como tratar cada aluno havia despertado naqueles jovens um sentimento de autoridade. Sua voz forte contrastava com sua baixa estatura. Se ele falava, não havia o que discutir. Décadas de treino moldaram seu corpo e sua vontade. Como pensar em desafiá-lo? Eles seguiam exatamente suas instruções e embarcavam numa viagem decisiva. O desempenho naquela competição alavancaria suas carreiras ou os afastaria de suas ambições olímpicas. Eles sabiam disso.

***

Por mais que preferissem estar por perto, Elizabeth e Rose respeitaram a vontade dos filhos de viajarem sozinhos para aquela etapa da Copa Brasil. Para lidarem com a própria ansiedade, debruçaram-se sobre as postagens do blog.

"Nosso campeonato é na internet."

E elas estavam ganhando. A hashtag #Demagrelaparafrente ganhou a atenção de simpatizantes e profissionais do esporte e explodiu nas redes sociais. Os mecanismos de busca pela internet registraram um grande aumento de pesquisa pelo argumento "omeninoquepedalava". Agora, as pessoas liam as postagens, comentavam e postavam seus depoimentos.

"Os jovens correm com a cabeça no futuro e isso os faz ter esperanças. Os pedais exigem força e perseverança. Fico pensando nisso e me perguntando: o que seria de mim sem pedalar?" #omeninoquepedalava, #demagrelaparafrente

"O atleta tateia a direção até descobrir como botar a endorfina pra circular. As dores não cessam e o cansaço nunca se torna menor, mas a sensação de estar fazendo a coisa certa ultrapassa todo o resto." #omeninoquepedalava, #demagrelaparafrente"

"Na bicicleta se libertam das dúvidas, os problemas não conseguem mais capturá-los. Livres, fazem a bicicleta tremer jogando fora emoções antigas que não servem mais. Agora eles sabem que liberdade é ser." #omeninoquepedalava, #demagrelaparafrente"

Elizabeth estava eufórica. A ideia tinha saído do papel e ganhava vida na mente das pessoas. Estava na hora de avançarem:

"Vamos colocar a moçada pra pedalar! Participe de uma Olimpíada: incentive um atleta." #omeninoquepedalava, #demagrelaparafrente, #paraincentivarumatleta

Imprimiram alguns posts com os dados de acesso ao blog e um convite: "Participe de uma olimpíada, incentive um atleta. Mais informações pelo e-mail: contato@omeninoquepedalava.com.br."

Juntas, Elizabeth e Rose trabalhavam na divulgação dos subsídios tributários da prefeitura, nos benefícios da prática de esportes, nas vantagens comerciais de associar um produto a uma prática social.

Enquanto isso, as pessoas continuavam postando:

"Vou abrir vagas para esportistas."

"Quinta-feira manutenção gratuita de bicicletas de competidores."

"Prefeituras negociam pistas em praças como uma contrapartida social."

"Mutirão mensal de profissionais da saúde. Saiba tudo sobre tratamentos de reabilitação, orientação psicológica e ortopedia."

"Inscreva-se no site e concorra ao sorteio de um capacete."

Associavam as postagens às hashtags #omeninoquepedalava, #demagrelaparafrente, #paraincentivarumatleta e o movimento expandia-se.

Com o material do projeto 'Cidades Educadoras' esparramado sobre a mesa, Elizabeth rabiscava os próximos passos. Aquela pasta não a tinha acompanhado em vão. Foi dali que ela retirou os pilares de seu trabalho. As ideias, os locais, os objetivos. Estava tudo lá. Era só seguir, aprendendo com a experiência vitoriosa, fazendo adaptações aqui e ali.

Junto aos pedidos de informação, começaram a receber doações de roupas, bicicletas que não eram mais usadas, pneus, quadros, sapatilhas para pedalar, ofertas de serviços de profissionais ligados à prática esportiva. As doações eram selecionadas e encaminhadas aos clubes de ciclismo e ao centro esportivo da prefeitura. A iniciativa adquiria vida própria.

Se estava dando certo para o ciclismo, por que não funcionaria para os demais esportes? Infelizmente, elas não tinham condições de atender outras modalidades. Assim, orientavam os interessados a contatarem diretamente a Secretaria de Esportes do Município, ou as associações de bairro.

Primeiramente no Tingui, depois na Vila Torres, depois na Praça da Espanha, grupos de ciclismo estavam sendo organizados. Elas tinham criado um negócio e as crianças, muitas crianças de todas as idades, começavam a pedalar.

Brasil 2012

No dia 22 de junho, a cidade de Peruíbe no estado de São Paulo recebeu cerca de setenta paraciclistas para a primeira etapa da Copa Brasil de Paraciclismo de 2012. Durante três dias, André e Mainara participaram de competições individuais contra o relógio, suas especialidades; e na estrada, ao lado de nomes consagrados nos circuitos mundiais. Pela primeira vez, estavam ao lado de atletas da seleção brasileira.

Como as provas individuais contra o relógio abriram o campeonato, André competiu no primeiro dia. O percurso era de dez quilômetros e oitocentos metros. Quando chegou sua vez, subiu na bicicleta e se concentrou. Mentalmente, projetou-se no circuito e visualizou sua trajetória. Ao sinal de partida, atrapalhou-se com os pedais. Sem saber explicar como aconteceu, a prótese de seu pé direito desencaixou-se e ele teve que ter muito controle emocional para reposicioná-la rapidamente e partir. Abalado, pedalou como nunca procurando não pensar no contratempo inicial. Infelizmente, não foi o suficiente para conquistar uma medalha.

Jefferson Spimpolo foi o campeão na categoria C-3 contra relógio com a marca de dezessete minutos e treze segundos. Em segundo lugar, Fabio Lucato cravou dezoito minutos e cinquenta e seis segundos e Juarez Rufino fechou o pódio com seu tempo de dezenove minutos e quatro segundos.

Quando anunciaram os resultados, Geraldo lhe perguntou:

“Sabe o que você fez?”

André não respondeu.

“Você superou uma dificuldade que deixaria muitos novatos fora do páreo e voou naquela pista.”

André não esperava por aquelas palavras.

“Você completou o percurso em dezenove minutos e quarenta e oito segundos. Parabéns, ‘Vanderlei’.”

André engoliu a seco ao ser comparado a Vanderlei Cordeiro de Lima, o herói de Atenas.

Era a vez de Mainara. Na categoria C-5, ela assistiu Soelito Gohr, João Schwindt e André Novaes subirem ao pódio. Distante quase três minutos do terceiro colocado, seu desempenho não a surpreendeu. Seu tempo havia melhorado muito, pois treinava com responsabilidade.

Ela dava o melhor de si, todavia tinha que admitir: o resultado era compatível com os números atingidos nos treinos. Simplesmente, se ela quisesse chegar ao topo e se tornar uma Jady Martins Malavazzi, precisava fazer muito mais.

À noite, os participantes se encontraram para jantar no hotel em que estavam hospedados num clima de cordialidade. Afinal, no dia seguinte, novas provas esperavam por eles. Era o tempo de que dispunham para digerir os resultados obtidos e se recuperar física e emocionalmente. Todo o apoio de que dispunham estava ali, no companheiro sentado ao lado e na preparação emocional recebida nos embates com os pais, os treinadores, nas dificuldades da jornada. Agora, eles eram atletas.

***

O post de Rose sobre a maternidade teve um efeito inesperado. Adolescentes com as quais jamais tivera contato começaram a lhe escrever. Faziam perguntas, pediam conselhos, contavam episódios de suas vidas. Rose ficou atônita. O que fazer?

Ela não se sentia à vontade com as palavras. Por outro lado, comovia-se ao ver tantas jovens na mesma situação que ela havia enfrentado aos dezesseis anos. Mainara era uma menina de ouro e tudo estava se encaminhando. Mas, desde seu nascimento, ela tivera tempo suficiente para perceber que nem sempre as coisas se ajeitam da melhor maneira para uma adolescente grávida e sozinha. Como virar as costas para aqueles apelos?

Meio sem jeito, começou a responder as mensagens:

"Eu fui uma garota distraída, não me ligava muito no que acontecia à minha volta. Meus pais tinham a vida deles, eu cresci assim, meio por acaso. Quando engravidei, minhas maiores preocupações eram a nota da prova e a cor do esmalte."

Algumas perguntas eram verdadeiras agulhadas a cutucar feridas para as quais ela não costumava olhar:

— Foi difícil esquecer seu namorado?

"Você não imagina o que foi encarar o abandono, aquela barriga crescendo e minha mãe repetindo 'o que eu tinha feito da minha vida'. Confesso a você que eu não entendia muito bem porque ela lamentava tanto. Cheguei a me perguntar se eu não havia sido desejada. Apenas quando Mainara nasceu eu compreendi o que significava cada uma de suas palavras. Praticamente troquei a boneca por um bebê."

— Como você se virou? Perguntava outra:

"O bebê chora, você tem que acalmá-lo para não enlouquecer. Tem fome, você dá o peito e aprende a fazer um mingau. Vai resolvendo os problemas que aparecem quase por instinto de sobrevivência. No fundo, a gente sabe que não pode deixar os problemas tomarem conta da situação."

— Por que você parou de estudar?

"Eu tive de parar, pois a Mainara nasceu em abril. Eu faltei às provas e perdi o ano. Quando ela dormia, eu estava acabada. Meus braços doíam e minhas pernas tremiam. Você pensa que eu podia descansar? Eu tinha minhas obrigações em casa, roupas do bebê para juntar e lavar. Perdi as contas de quantas vezes estava estendendo-as no varal e ouvia o chorinho recomeçar. Eu tinha vontade de chorar mais alto."

— Ninguém te ajudava?

"Às vezes, minha mãe a fazia dormir. Naqueles dias em que eu parecia desabar, ela adivinhava, eu acho. Chegava em casa e deixava tudo de lado para me ajudar. Me liberava do jantar, e eu conseguia dormir umas horas. No dia de seu pagamento ela sempre trazia uma roupinha nova, uma mamadeira ou um pacote de fraldas."

— As suas amigas te abandonaram?

"A Deise me ajudou. Somos amigas desde pequenas. Vizinhas de muro. Acho que ela ouviu muito mais do que comentou sobre o que passei. Quando a Mainara tinha uns três meses, ela me convidou para ir à igreja com ela. Aquilo soou tão estranho, tão distante da minha vida. Era um sábado à tarde. 'Vamos dar uma volta', ela insistiu. Então eu pensei: 'Que mal pode haver nisso? Eu saio tão pouco.' Coloquei a Mainara no carrinho e lá fomos nós. Desde aquele dia é isso que eu fazia todos os sábados até começar com essa história de blog."

— Você acreditava que Deus ia te ajudar?

"Olha, eu não acho que todos são bons, ou que vou conquistar a lua se me ajoelhar e pedir ao Senhor. Eu buscava forças para continuar a viver em paz, e ter um pouco de alegria. Isso nunca mais me faltou. Eu não frequento muito a igreja, mas acredito em Deus. Há muitas maneiras de se relacionar com Ele. Você deve descobrir a sua."

— Você não tem ressentimentos?

"Ah, não pense que é fácil abrir meu coração para vocês. Não me lembro de ter falado sobre essas coisas com ninguém. Quando tudo aconteceu quase enlouqueci. Eu realmente não sabia o que fazer. A maneira como minha filha foi tomando conta de todos os espaços na minha vida me transformou. A paz das tardes de sábado na igreja me ajudaram a olhar para ela de um jeito especial. Como se eu estivesse dando uma chance para ela me dizer com seus olhos, sua calma, sua doçura, o que eu tinha que ouvir. Aquela mansidão penetrou em meu coração com uma força que não se corrói nem diminui com o tempo. Vocês me entendem? Ela me mostrou o que é o amor. Eu digo a você, ela é o único amor que eu conheci. Quando penso no que aconteceu, tudo me parece tão pequeno, distante, desimportante."

As palavras de Rose eram simples e incisivas. Sua maneira de ver, sua postura diante do mundo causavam uma forte impressão. Havia algo naquela mulher que despertava um sentimento de respeito nas pessoas com quem convivia. Quando falava da filha, um sorriso doce aflorava em seus lábios. Nesses momentos, a beleza de sua alma derramava-se por seu rosto e ela se revelava encantadora.

Ao comentar com Elizabeth o que estava fazendo, surpreendeu-se com o que ouviu:

"Você me emociona, Rose. De certa maneira, eu vivi uma situação semelhante quando me tornei a mãe que o André precisava que eu fosse."

"As mães que Deus precisa que sejamos. Crianças como as nossas, que conhecem o amor, não se contentarão com nada menos que isso. Eles vão procurar e distribuir amor onde estiverem. Serão sementes da paz e da construção Dele", disse apontando para o céu.

Uma forte emoção tomou conta de Elizabeth. As palavras de Rose diziam respeito ao que elas estavam viabilizando para as crianças do bairro. E o fato é que o amor que sentiam pelos filhos estava transbordando.

***

"Chega aí, André."

— Opa.

"Não desistiu depois da Copa Brasil?"

— Preferia ter me saído bem como vocês, mas não foi dessa vez. Uma das próteses desencaixou no início da prova e me atrapalhei. Continuo treinando, vamos ver, quem sabe não ganho em Londrina?

"E aquela garota..."

— A Mainara prefere ir mais devagar. Vai continuar participando dos regionais, mas sem foco nas olimpíadas. Não concordo com a decisão dela. Ela vai bem, deveria estar aqui com a gente. Não ganhou naquela, mas poderia ganhar na próxima.

"Olha, sem querer me gabar, mas já me gabando, nossa equipe de ciclismo começou com três pessoas e eu sou uma delas. E desde que cheguei aqui, nunca mais perdi um campeonato."

— Sério?

"Vou te contar."

Em 2010, Marcelo Gusmão Vieira ingressou no paraciclismo pelas mãos do professor Darlan. Chegou ao velódromo com graves dificuldades motoras e uma ansiedade tremenda para recuperar, ao menos uma parcela, do que um derrame cerebral lhe havia roubado há alguns anos.

Como se o garoto crescido no interior do Paraná viesse à tona, Marcelo começou a contar sua trajetória a André:

"Você sabe o que é viver numa cidade do interior? Lá até os cachorros são cumprimentados." Tomou fôlego e continuou. "Depois do meu acidente as coisas se complicaram. Ninguém olhava pra mim. Eu não saía mais de casa. Quando saía, ia à igreja mais próxima e voltava pra casa."

"Ouve aí, André. Temos um longo trajeto pela frente", disse o condutor do veículo, o professor Nescau, responsável pelo clube GF Ciclismo.

"As pessoas me perguntavam por que eu ficava lá, sentado. Se eu achava que Deus ia devolver a mobilidade do meu corpo. Sabe o que eu respondia?"

— Não.

"Que minha vida era Dele e que estava lá pra entender o que Ele tinha pra me dizer."

— Você estudava nessa época? Você devia ter uns...

"Vinte e sete anos. Estudava na Universidade Federal do Paraná. Educação Física."

— Ah, você sempre gostou de esportes.

"Sempre. Mesmo depois do acidente, tentei várias coisas como a natação, mas eu caía na água como uma pedra, não era bom. Passei pela esgrima. Cheguei a participar de um campeonato na cidade. Só apanhei: fiquei em último lugar."

— Humm...

"Fiquei transtornado. Pensei em deixar os esportes. Eu disse pro Darlan que o esporte não era mais pra mim, que bastava. Ele não me deixou desistir."

— O que ele fez?

"Me levou pra falar com o Adir. Você já falou com o Adir Romeo?"

— Já. Pouco.

"O Adir me convidou pra integrar a equipe de paraciclistas que ele estava montando. Você já falou com ele, não falou? Se já falou, você sabe que a gente não fala não para o Adir. Eu vim. Ele me passou o que eu chamo de 'biketerapia' e o Darlan começou a me treinar."

— O professor Darlan da esgrima?

"Esse mesmo. Logo ele me passou para o professor Denivaldo."

— Da GF Ciclismo. Como nós.

"Isso. Para você competir, tem que se associar à Federação Paranaense de Ciclismo por meio de um clube. Encaminharam-me para esse cidadão, o professor Nescau, e seu clube, o GF Ciclismo." Marcelo parou de falar por um instante, respirando antes de prosseguir:

"Depois foi treinar e ganhar."

— Bacana, bacana. Vamos ver se eu me saio bem como você.

"Olha, nessa etapa do 34º Campeonato Paranaense de Ciclismo, você tem que colocar uma coisa na sua cabeça: você vai vivenciar a competição."

— Está falando como meu treinador.

Todos riram.

— Quer ir ao Rio nas Paralimpíadas de 2016?

"As olimpíadas são o sonho de todo atleta. Estou fazendo pontos. Se eu ficar em primeiro lugar, eles têm que me levar."

André assentiu. Fez as contas. Campeonatos, idade, medalhas, tempo de preparação. A equação era audaciosa. Apesar dos excelentes resultados acumulados por Marcelo, ainda não era o suficiente para chegar à seleção brasileira. Virando o rosto, André viu as vastas plantações ao longo da estrada e inspirou. O cheiro da terra vermelha entrou por suas narinas revigorando suas forças. Geraldo estava certo, era um longo caminho.

Era o dia 29 de novembro de 2012. Na manhã seguinte, a cidade de Londrina sediaria mais uma etapa vitoriosa da trajetória de Marcelo Gusmão Vieira e Luiz Marconi. Um sucesso que se repetiria várias vezes até o dia seis de dezembro, e os levaria a representar o estado no primeiro Jogos Paradesportivos do Paraná, o PARAJAP.

Londres 2012

Seguindo desígnios que pairam acima da vontade dos homens, Mário oscilava entre Londres e o Rio de Janeiro. Como uma premonição das mudanças em curso, sua cidade natal foi escolhida como sede dos jogos de 2016. A princípio, ele achou que a proximidade das areias brasileiras tornaria as coisas mais fáceis, mas não era bem assim. Embates e retornos pareciam ancorá-lo a desafios dia após dia. Foram anos turbulentos de adolescência em casa, negociações trabalhosas no Rio e surpresas em Londres.

Numa operação que durou quatro anos, os ingleses descontaminaram uma área imensa para abrigar seu parque olímpico. As construções brotaram em terrenos deteriorados por resíduos tóxicos em Stratford, antiga região industrial a leste da capital. Onde havia abandono, crimes e lixo, abria-se espaço para a esperança. Lá foram construídos o velódromo, o parque aquático, as arenas de basquete, handebol e hóquei, bem como a vila olímpica. Mais que uma obra, um resgate da magia, da vida de um povo habituado a construir o futuro.

Sob forte pressão da população, as reformas foram projetadas visando seu uso pós-olimpíadas. Quando não era possível, instalações provisórias evitaram o desperdício de dinheiro público. Grandes áreas de circulação, como Hampton Court e The Mall, foram alçadas à condição de anfitriãs das competições ao ar livre. As provas de triátlon agitariam a paisagem centenária do Hyde Park. Diversos complexos esportivos existentes nas imediações de Londres somaram-se às sedes, totalizando trinta complexos esportivos. O dia da grande festa se aproximava.

Em 2010, cerca de oitenta por cento das obras haviam sido concluídas. Novos trens foram inaugurados, estações de metrô foram reformadas. Os cidadãos foram estimulados a tirarem férias ou trabalharem em casa durante os eventos. Tudo para que os visitantes embarcassem em transportes públicos de qualidade, tranquilos. Em Londres, as obras de infraestrutura foram financiadas pelo Estado. À iniciativa privada couberam os custos operacionais dos eventos.

A sete meses da data inicial, mais de vinte competições de teste haviam sido realizadas, e outras tantas estavam agendadas. Entretanto, nada disso impediu que alguns imprevistos ameaçassem a realização dos jogos.

Faltando pouco tempo para o início das olimpíadas, a empresa contratada para fazer a segurança do evento não conseguiu cumprir as exigências estabelecidas. Imediatamente, o governo destacou um expressivo contingente de militares para a função. O resultado foi um centro com policiamento ostensivo e soldados preparados para orientar os turistas em uma cidade adaptada para o fluxo de multidões.

Ao contrário do que vinha acontecendo nas edições anteriores, a cobertura televisiva recebeu duras críticas pela precária cobertura de certas modalidades ao vivo. Entre elas o ciclismo de estrada e as competições de remo.

Em meio a um evento em que deficientes protestaram contra a discriminação na venda de ingressos para cadeirantes, e da escolha de certos patrocinadores, a categoria *handbike* de ciclismo trouxe de volta às pistas o italiano Alessandro Zanardi.

Onze anos após perder as duas pernas num acidente automobilístico, sobrevivendo com apenas um litro de sangue no corpo, o ex-piloto de Formula 1 e Formula Indy pedalou para levar medalhas para casa. Conquistou o ouro nas provas: contrarrelógio H4; estrada H4; além da prata, na prova de estrada por equipes. Sua declaração amplamente divulgada na mídia parecia resumir o sentimento dos participantes do evento:

"Você não deve perseguir coisas utópicas, mas se tiver um olhar no horizonte, a felicidade estará ao virar a esquina".

Ele estava certo. O paraciclista brasileiro João Alberto Schwindt viu sua medalha de bronze desaparecer nos últimos metros: "é doloroso, mas é o esporte", declarou. O esporte, no qual o Brasil paralímpico ingressara em 1992 com Rivaldo Gonçalves Martins, dava mostras de que um campeão também se forja na frustração. Mas, com persistência, paixão e coragem, o sucesso estará na próxima marcha.

O Brasil estava dando um novo rumo a seus paratletas. Na bocha, no futebol, no atletismo, os resultados chegavam de todos os lados garantindo ao Brasil muitos pódios, foi um total de quarenta e três medalhas e o sétimo lugar geral. O maior medalhista da competição pertencia à delegação brasileira: Daniel Dias da natação ganhou seis medalhas de ouro.

Brilhando no atletismo, Alan Fonteles venceu o lendário Oscar Pistorius, e Terezinha Guilhermina conquistou duas medalhas de ouro. Acompanhada pela prata de Jerusa Geber dos Santos e pelo bronze de Jhulia Santos, Guilhermina completou um pódio olímpico totalmente verde e amarelo. Do Brasil.

A alegria, tema das próximas olimpíadas de verão no Rio, lançava raízes. E suas sementes germinavam na Casa Brasil, uma locação às margens do Rio Tâmisa, onde empresários, companhias e mídia festejavam os resultados. Recebendo personalidades e estabelecendo parcerias, o comitê brasileiro desenhava os contornos da próxima edição.

Na cerimônia de encerramento, o Brasil desfilou no frevo, no samba, nas cores da coreografia que o introduziu como o anfitrião de 2016. Mutilados ou artistas, brasileiros reluziam no estádio londrino a grandeza da vida, a força da natureza, a convicção da vitória. Não apenas o tempo, mas o esporte tinha transformado aquela delegação. Com seus quinhentos anos, os meninos do Brasil aprendiam a pedalar.

***

André ingressava na equipe curitibana num período em que o trabalho iniciado há décadas surtia efeitos nos circuitos internacionais.

A relação da cidade com o ciclismo acumula muitos capítulos. Provavelmente influenciados por relatos de italianos e alemães que ali se instalaram no início do século XX, seus descendentes acreditavam que a bicicleta aproximava as pessoas. Eles estavam certos.

Desde as corridas movimentadas da década de 1950, diversas associações e clubes se sucedem fomentando o esporte por todo o estado. É possível encontrar desde grupos de passeios noturnos até caravanas que descem a serra nos finais de semana. De toda história, dois fatos foram decisivos para o que André encontrou: o velódromo inaugurado em 1979 no Jardim Botânico e a presença da família Romeo.

Graças à existência do velódromo e a muito empenho, Curitiba sediou provas do Pan-Americano de 2008 e faz parte do calendário de competições nacionais.

No esporte desde 1917, quatro gerações Romeo protagonizaram muitas premiações. Venceram provas, revelaram campeões e levaram multidões ao ciclismo. Aos 73 anos de idade, Renato Romeo, filho do goleiro Antonio Romeo, continua à frente do Ciclo Clube Romeo, incentivando atletas e colecionando medalhas, são mais de cem apenas na categoria nacional.

Seu filho Adir Romeo é um nome conhecido no circuito internacional, ciclista premiado, carrega a marca do pioneirismo. Primeiro triatleta paranaense, não podia imaginar que, ao ingressar no funcionalismo municipal, transformaria a vida de tantas pessoas por meio do velódromo. Em suas mãos, o espaço se transformou num propulsor de excelência.

"Peguei o equipamento e fiz dele meu projeto de vida", afirmou em uma entrevista.

Como as histórias que permeiam o caminho de André e a trajetória de Adir Romeo podem ser descritas em campeonatos e premiações, sem muito esforço, é possível encontrar registros de seus feitos. Menos conhecidos, porém, são alguns episódios por trás dos pódios.

Alguns traços de personalidade parecem predestinar as pessoas à realização. Acontecimentos se sucedem de forma a beneficiá-los. Circunstâncias em que as linhas que conduzem o destino enroscam-se em torno de indivíduos, aos quais não é dada a alternativa de seguir sem se posicionarem. Não são acasos. São portas abertas pelo universo a quem se dispõe a dar um significado ao próprio tempo.

A linha que levaria os premiados Marcelo Gusmão e Luiz Marconi, depois André, ao caminho de Adir Romeo começou a delinear-se em 2005. Na época como técnico da seleção brasileira de ciclismo, Adir foi ao Centro Mundial de Ciclismo na Suíça. Durante o evento, foi aplicada uma prova em que Adir obteve a melhor nota. Em função de seu desempenho, permaneceu no país por alguns meses realizando um treinamento. Nesse período, conheceu ciclistas, realizou contatos e se aproximou da realidade dos paratletas.

De volta ao Brasil, deu início aos trabalhos para implantar a categorização de atletas. Era tudo muito incipiente e um breve atrito com a secretaria municipal dificultou o avanço da empreitada. Mas o velódromo era o seu projeto de vida, o que fazer?

Seguir em frente foi sua resposta. Os convites não paravam de chegar e sua rede de contatos crescia a cada dia. Em 2009, como técnico da seleção brasileira de ciclismo de pista, conheceu Bernardino Vieira de Oliveira e seus feitos. Naquele momento ele entendeu que o paraciclismo estava prestes a ganhar o país.

Acreditando na energia, essa força que liga os fatos gerando consequências inusitadas aos olhos dos menos atentos, Adir recebeu a visita do professor Darlan. Ele trazia um rapaz de trinta anos, desiludido com seu desempenho nos esportes, dificuldades de comunicação e equilíbrio delicado. Adir o convidou a treinar e montou para ele uma rotina de atividades. "Biketerapia", diria Marcelo, alguns anos depois.

Não importa o nome dado face ao resultado dessa união. O nó que uniu o grupo restabeleceu em Marcelo a esperança de viver melhor. Ele era mais um cidadão que batia à porta do centro de apoio ao esporte no Jardim Botânico e era atendido.

Quem passa por ali, pode ver a equipe treinando, jovens ajustando bicicletas, montando outras com peças conseguidas aqui e ali ou distribuindo roupas doadas por esportistas a colegas com menor autonomia financeira. Não há ciclistas ou paraciclistas, há pessoas se tornando atletas, seres humanos mais confiantes e menos ansiosos. São como Oscar Pistorius e Natalia Partyka, não se deixam limitar por classificações. Participam de paralimpíadas e olimpíadas: usam os obstáculos para se tornarem completos.

Em 2012, havia muito a comemorar. O Brasil voltava de Londres com a melhor classificação de sua história numa paralimpíada. Marcelo e Luís brilhavam na primeira PARAJAP seguidos pelo novato André. E o recordista nacional de contrarrelógio de um quilômetro, Davi Romeo, filho de Adir, levantava a taça do bicampeonato brasileiro.

Alegria era o tema! E 2016 a data. No Rio.

Adeus, Curitiba

O BLOG FOI O PASSO DEFINITIVO PARA ELIZABETH INCORPORAR A CIDADE cinzenta, com invernos rigorosos e verões escaldantes, que a tinha magnetizado décadas atrás. Se o ambiente pode influenciar o comportamento das pessoas, os anos vividos em Curitiba poderiam ser descritos como períodos de solidão austera e alegrias estonteantes.

Agora havia chegado a hora de ouvir o chamado de sua existência pedindo que ela fizesse alguma coisa. Frente a frente com a mulher que se tornara, tudo ficou muito claro. Teria sido diferente se continuasse em Barcelona, se vivesse um modelo de casamento com marido, esposa e filho morando na mesma casa, ou jamais tivesse deixado o mercado de trabalho? Talvez não. Na conversa com os versos lidos, ela percebeu que há algo na natureza do ser humano que só pode ser preenchido por ele mesmo.

Ela havia embalado verões no quintal com André e as histórias do poeta que não gostava de praia. De conto em conto, aprendeu a não ser tão apressada e a respirar antes de agir. Acompanhando o movimento do ar penetrando no corpo, ela despertou a capacidade de sentir o que estava acontecendo à sua volta e dentro de si. Aí não teve mais jeito. Não dava mais para fechar o livro, deixar o aeroporto e voltar para casa como se nada estivesse acontecendo. A consciência a havia fisgado.

As nuances cinzas narradas pelos escritores daquela terra dissipavam-se como a névoa da madrugada que relaxa nos ombros dos parques, ônibus e telhados antes do sol se impor. Ao se sentar e escrever o longo texto de apresentação do blog, Elizabeth derreteu as últimas sombras que mantinham adormecidos seus sentidos e deixou a luz entrar.

Mãe e filho rolando na grama, pegando-o no colo e lendo histórias para dormir, era a vida acontecendo. Agora seu garotinho era um homem e ela não podia continuar lá. Anestesiada pela rotina de cuidar, estivera surda às oportunidades que suas emoções lhe ofereciam de ser plena e feliz. Ao permitir que as palavras se depositassem num texto sincero, raios de sabedoria expandiram-se, invadiram seus tímpanos, abriram seus olhos e ela entendeu.

Na sua vontade de ser quem ela achava que precisava ser, esquecera que podia ser quem ela era. Às vezes acontece das pessoas criarem margens para a percepção e os sentidos com o que produzem. Permitem que as tradições à sua volta e os comportamentos perpetuados por pessoas que admiram limitem seus movimentos. Esquecem-se de fincar o pé no presente e deixar o passado na lembrança. Simplesmente por não saber o que fazer.

Ao enfrentar uma das experiências mais solitárias que uma mulher pode viver — ser mãe e ver o filho cada vez mais distante — a solidão e o desalento revelaram-se avassaladores. Apesar desses sentimentos, ela sabia que tudo o que fizera os levara a essa situação. Num primeiro momento, a sensação de perder terreno, como se tudo caminhasse para frente e ela permanecesse ali, estagnada, soou insuportável. Então o bom senso a sacudiu e seu desassossego sucumbiu.

Não podia se deixar levar pela ladainha da perda. Às vezes o guiado se torna o guia para que todos possam avançar. Não importava onde André estivesse ou o que quer que acontecesse. A verdade é que ele sempre seria seu filho. Não era uma questão de documentação, mas de coração. Entre eles havia uma ligação muito forte, como não ver?

Escrevendo e reescrevendo o texto de abertura, a dor de Elizabeth se dissolveu. Ela se deixou envolver pelas palavras derramadas na tela do computador, enrolando-se nelas, cobrindo-se com elas para se aquecer durante a noite. Concluiu que a distância fazia parte da natureza do amor — não segurando nem aprisionando, só aconchegando. A chegada desse pensamento acalmou seus nervos.

Como um mantra, repetia para si mesma que o amor não segura, só aconchega. Dizia-se isso tantas vezes quanto a falta do filho, da vida do filho, escorria pela casa vazia. Quando Mário reclamou de não conseguir mais conversar com André, ela lhe disse sua frase. Foi espontâneo. Soou tão verdadeiro que ela se surpreendeu por demorar tanto tempo para compreender como as coisas funcionam.

Viver tanto tempo fazendo coisas a levara ao ponto de se esquecer de que ela era mais do que fazia: ela era alguém. "Até este momento eu nunca me conheci." Será que a autora inglesa Jane Austen escreveu essa frase para ela? Heroínas ou coadjuvantes, as Elizabeths de Jane Austen são profundas, aprendizes, atentas, mulheres cuja lucidez transborda a realidade que outros sequer percebem. Por tanto falar sem palavras e fazer sem lastro, sim, ela a merecia.

E agora? O que fazer? E o medo de fracassar? Ela tivera mostras de quão perigoso o medo pode se tornar. Se encontrar espaço, toma conta dos pensamentos, das atitudes, das reações, até aprisionar a pessoa num buraco profundo demais para escapar sozinha. E tudo começa na armadilha de fazer demais. É possível fracassar quando se faz uma apresentação e não se consegue atingir o público ou quando se prepara um jantar e a comida fica horrível, mas como fracassar sendo exatamente quem a gente é?

Finalmente, o sol brilhava com a intensidade daquela manhã carioca que esvoaçava a cortina para se revelar. No espelho da vida, ela enxergou uma alma que aprendera a influenciar costumes, a acolher a diferença e a embalar os desafios sem afrontá-los.

Seu espírito estava acordando, desempacotando habilidades, lustrando a centelha que faz o ser humano brilhar quando se coloca a trabalhar por um ideal. A publicação daquela página em seu blog era a assinatura do contrato que o tempo insinuara, mas só agora lhe apresentava.

Era uma questão de meses até André ser transferido para uma equipe grande e ela se mudar. Elizabeth não se importava. Onde quer que ela estivesse, manteria seu projeto vivo e suas crianças em movimento.

***

Mário pouco participou dos bastidores dos jogos de Londres. Enquanto a delegação brasileira comemorava seu avanço no ranking mundial, André participava de sua primeira Copa Brasil de Paraciclismo e seu pai preferiu estar por perto.

Há anos sentia que sua trajetória internacional estava prestes a sofrer uma guinada, o que aconteceu logo após seu filho completar vinte anos. A Companhia inaugurara um dos maiores centros de pesquisa do planeta na ilha do Fundão e Mário foi transferido para lá. O Rio seria sua última olimpíada. Após três décadas projetando um mundo de encantamento, ele estava voltando para os seus.

Não demorou muito para ele se lembrar de que o Rio de Janeiro não é Londres. Enquanto os súditos da rainha valorizam o cumprimento dos prazos, a crença brasileira em sua capacidade de realização excede a lógica do tempo. Mário não tinha ideia do que seria a preparação de uma olimpíada no Brasil. Justamente após o evento de 2012, considerado o melhor de todos os tempos.

Era necessário despoluir a Baía da Guanabara e a Lagoa Rodrigo de Freitas para as competições aquáticas. A princípio, uma demanda parecida com a de Seul e Sydney, onde a quantidade de poluição e os protestos do Greenpeace não foram exatamente facilitadores.

A revitalização da zona portuária era uma iniciativa notável, prometendo superar em impacto o que fora realizado com grande sucesso na Catalunha. E se Barcelona tinha inaugurado trens para levar as pessoas ao mar, o Rio trabalhava na construção da linha quatro, ligando Ipanema ao parque olímpico na Barra da Tijuca.

O aeroporto internacional, assim como acontecera em Johannesburgo, precisava ser expandido. Mas isso seria resolvido até a Copa do Mundo da Fifa em 2014.

Havia o problema do orçamento, o momento político e as pressões sociais. Qual a diferença de Atlanta e Atenas?

O Maracanã estava em reformas e já lembrava a construção do Ninho do Pássaro em Pequim. Haveria local mais adequado para as cerimônias de abertura e encerramento que “o templo sagrado do futebol do país do futebol”?

Com centenas de vagas garantidas para a delegação anfitriã, Mário desejou que a iniciativa de Elizabeth fosse uma entre muitas a impulsionar o caminho para o esporte pelo Brasil afora. Imaginou como seria maravilhoso ver o próprio povo superando limites, batendo recordes, colecionando façanhas como os chineses haviam feito em 2008.

"Quem sabe, por meio das arenas e Transcariocas, os jogos olímpicos consigam arraigar seus ideais na alma do brasileiro. E apaixonada pelo esporte, a nação opere a grande transformação de corpos, mentes e instituições que levará as pessoas ao pódio da vida."

Mário pensou.

Afinal, o palco será o Rio de Janeiro, a cidade que, após acolher amazonas e santos de todas as nações, prometera ao seu filho a redenção no quintal.

Mais uma vez, Mário precisava acreditar que, ao final, tudo daria certo:

"Quando o Maracanã abrir seus portões no dia cinco de agosto de 2016, o Parque Olímpico estará pronto para sediar as provas em suas arenas, velódromo e centro aquático. O Complexo de Marechal estremecerá com as disputas de tiro e hipismo. As águas do Parque Aquático Maria Lenk estarão à espera das braçadas dos atletas, dos paratletas, e de todos que já desvendaram o fascínio de seguir em frente."

Dessa vez, ele estará lá.

***

Numa algazarra colorida de países perfilados em camisetas, cidadãos manejavam *selfies*, tentando capturar a vida que batucava plena dentro de seus peitos. O Maracanã de portões abertos retribuía as palavras que poucos entendiam, numa cantoria repleta de abraços, cerveja e esperança.

Naquele momento, eram todos heróis em terras estrangeiras em busca de glória. Misturavam-se na alegria ansiosa, respirando a compreensão que excede povos e unifica os homens. Os jogos exercem esse poder.

Caminhavam à procura de seus lugares entre arquibancadas tingidas de cor, acomodando a agitação dos passos e o entusiasmo nos gestos. A festa milenar acolhia a todos: executivos, cadeirantes, estudantes e operários. A magia renascia, mais uma vez, pelo empenho de um pedagogo cuja glória fora acreditar.

Rostos pintados, expectativa no ar, como saber se havia próteses embaixo daquelas calças, distúrbios dentro das cabeças, máquinas onde falharam um coração, uma bexiga ou um rim? Num tempo em que a nanotecnologia ultrapassa os tecidos vivos introduzindo chips como se fossem bactérias, como insistir no princípio arcaico do preconceito? Ciborgues ou não, todos são cidadãos.

Mas a diferença existe e começa pela coragem. André tinha nascido para pedalar em meio à adversidade e superar limites. E ao precisar de ajuda arrastou pessoas para o encantamento de viver seus sonhos. Ele tinha arremetido, planado e chegado lá.

Ele ouviu o apito e acelerou. Esqueceu-se de suas próteses, das cicatrizes de seus joelhos, enquanto a emoção percorria seu corpo e lhe trazia o olhar de Mainara, o carinho dos avós, as vozes de Geraldo e Eureka, o sorriso da mãe e o rosto cansado do pai. Ao ritmo dos pedais, sua alma pulsava no emaranhado de pessoas que faziam parte de sua jornada. A euforia apoderava-se da cidade de sua infância enquanto uma delegação de personagens, sorrindo, acenava para ele. Estavam no quintal, nos parques, nos livros e em seu coração. As rodas giravam enquanto todo o resto ia se desfazendo no ar. André viajava no sonho que havia acalentado sua vida.

Quando acordou, ele prometeu a si mesmo que se tornar campeão seria uma questão de tempo. Ele ainda não estava pronto, nem o Rio. Mas a beleza do esporte paralímpico está em ver atletas fazendo coisas inimagináveis. Ele era jovem, tinha um bom desempenho, podia chegar ao Rio 2016. E Mainara, a companheira que tinha lhe restabelecido os pincéis da fé, rindo dos fiascos e chorando as vitórias ao seu lado? Como ela podia pensar em desistir de tudo?

André levantou-se determinado a impedir que sua amiga abdicasse da felicidade. Assim que ela chegou para percorrerem seus noventa quilômetros dominicais, ele começou:

— Mainara, não posso deixar você jogar tudo fora. Um dia você vai se arrepender.

“Vou me arrepender do quê?”

— De não perseguir seu sonho.

“Você acha que esse é o meu sonho?”

— Como assim? É o nosso sonho! Há quantos anos batalhamos para vencer?

"Pare aí, André. Vamos até seu quarto."

— Pra quê?

"Quero te mostrar uma coisa."

André a seguiu. Subiram as escadas, entraram no quarto, pararam diante de um grande painel forrado de fotografias:

"O que está escrito lá em cima?"

— O que as fotografias do meu pai têm a ver com a nossa discussão?

"Me diga, o que está escrito lá em cima?"

— Pódio da vida.

"Seu pai colecionou imagens de campeões durante todos os anos em que ele participou de olimpíadas e paralimpíadas. Selecionou cada uma dessas fotos e escreveu em seu verso a razão de colocá-las aqui."

— Ele teve a ideia quando o doutor Eureka sugeriu que tivesse um hobby.

"O que você está vendo aí?"

— Pessoas, olhos, mãos, lágrimas...

"Todas foram tiradas em pódios de jogos olímpicos?"

— Claro que não. Há fotos de operários, governantes, crianças...

"Mas seu pai sempre disse que eram fotos de campeões."

— Sim.

"Qual é o seu pódio?"

André estancou.

“O meu é este.” Mainara apontou uma foto em que sua mãe a abraçava emocionada, após um campeonato no velódromo. “Nada me dá mais alegria do que o amor da minha mãe.” Olhou para André e continuou:

“Eu não quero passar as noites e os finais de semana longe dela. Eu quero ficar aqui. Eu posso treinar e ter meus planos. Posso viajar para competir, mas quero voltar pra casa, ter uma família. Quero comemorar com ela, viver perto dela.”

O comentário arremessou André às catacumbas de sua rebeldia. Os fatos lançavam-se sobre ele como flechas. Então, ele se sentou no chão. Olhou para o grande painel de imagens colecionado ao longo de tantos anos. Ali estavam: um bebê no colo; um menino sentado na areia; a primeira bicicleta; duas mãos entrelaçadas; entre os dedos brancos e negros de seus pais, a aliança de seu pai reluzia refletindo um raio de sol. A imagem era linda. Sua mãe a chamava de ‘o pacto’.

— Por que vocês mulheres inventam tanto?

“Como é que é?”

— Essas histórias, essas palavras. Eu prefiro ser como meu pai.

“Você tem cada uma...”

André levantou-se, arrancou suas medalhas da parede e segurando-as estendeu a mão:

— Me prometa.

“O quê?”

— Nunca desistir. Você não pode desistir do que você realmente quer.

Com os olhos brilhando, Mainara sorriu e retribuiu o aperto de mão. Dentre seus dedos alvos entrelaçados aos dedos negros de André, pendiam as fitas vermelhas, amarelas, azuis e verdes das medalhas de um homem que aprendera quase tudo pedalando.

***

"Em nome de todos os competidores, prometo que participaremos nestes Jogos Olímpicos, respeitando e seguindo as regras que os regem, comprometendo-nos a um desporto sem dopagem e sem drogas, com o espírito verdadeiro do desportivismo, para glória do desporto e honra das nossas equipes."

Pierre de Coubertin (1863/1937)

Barão, esportista, pedagogo

“Entre a técnica e a emoção,
não há dúvida na
minha conversa com o leitor,
cochichando segredos
e lançando raízes
de minhas histórias...”

Cassia Cassitas

Nasceu no interior do Paraná, docente em cursos superiores e MBA’s, fez carreira na área de Tecnologia da Informação. Autora de 3 livros, seus textos movimentam ideias acumuladas em meio ao cheiro dos cafezais, à produção de sapatos e à tecnologia da virada do século. Fala de episódios que transformam vidas, num caminho em que desfilam memórias e imaginação.

Outras obras da autora:

Fortuna A Saga da Riqueza

Domingo O Jogo

www.cassiacassitas.com.br